Mujeres que matan

Mujeres que matan

ALBERTO BARRERA TYSZKA

LITERATURA RANDOM HOUSE

Mujeres que matan

Primera edición: noviembre, 2018

D. R. © 2018, Alberto Barrera Tyszka
Todos los derechos reservados

D. R. © 2018, derechos de edición mundiales en lengua castellana:
Penguin Random House Grupo Editorial, S. A. de C. V.
Blvd. Miguel de Cervantes Saavedra núm. 301, 1er piso,
colonia Granada, delegación Miguel Hidalgo, C. P. 11520,
Ciudad de México

www.megustaleer.mx

ISBN: 978-607-317-278-3
Impreso en México – *Printed in Mexico*

El papel utilizado para la impresión de este libro ha sido fabricado a partir de madera procedente
de bosques y plantaciones gestionadas con los más altos estándares ambientales, garantizando
una explotación de los recursos sostenible con el medio ambiente y beneficiosa para las personas.

Penguin
Random House
Grupo Editorial

¿Pero dónde está mi casa y dónde mi cordura?

ANNA AJMÁTOVA

(Unas palabras en el agua)

Estaba desnuda, boca arriba. Tenía los ojos abiertos. Sin brillo. Como dos piedras en un vaso de agua. Cuando la encontraron, llevaba más de ocho horas hundida en la tina del baño.

Las mujeres son distintas en todo. Incluso a la hora de morir.

Las cosas ocurrieron más o menos así: la empleada de la limpieza se encontraba pasando la aspiradora en el pasillo. De pronto, sintió el suelo sorpresivamente blando, húmedo. Con la punta de su zapato hizo presión y la alfombra sudó agua. Eran las siete de la mañana. Ella apenas comenzaba su turno. Afuera ya había ruido de bocinas, un barullo de fondo, inquietante. Tal vez, nuevamente, había gente improvisando barricadas y trancando las calles.

Entró a la habitación 701 y, de inmediato, sintió que se le mojaban los pies, el piso estaba empapado. Sin pensarlo demasiado cruzó hacia el baño, sus pasos produjeron un sonido hueco, plástico; se detuvo en el dintel de la puerta. Vio la bañera: una mano de mujer se alzaba con descuido sobre el borde de cerámica. Casi parecía un saludo flotando en el aire. Sólo necesitó dar un paso más para descubrir el cuerpo desnudo, suspendido en medio del líquido. La llave había quedado abierta y el agua se desbordada lentamente. La empleada hubiera preferido no ver nada. Pero lo vio todo.

Los ojos abiertos bajo el agua. Como dos piedras.

Y entonces gritó. Y salió corriendo. Y volvió a gritar. Una, dos, tres, cuatro veces. Su alarido se estiró hasta llegar a la recepción del hotel.

Magaly Jiménez se había registrado el día anterior. Llegó a media tarde, no traía valija. Hizo la reserva por una sola noche y pidió una habitación en un piso alto. En el formulario de ingreso dejó en blanco la información sobre su estado civil y su dirección particular. Sólo anotó su nombre, el número de su documento de identidad y un teléfono que, a la postre, resultó ser el celular de una amiga. Pagó con tarjeta de crédito y subió a la habitación a las cinco de la tarde. No salió nunca del cuarto 701. A las ocho de la noche llamó al servicio a las habitaciones y pidió hielo. Le consultaron si deseaba otra cosa, algo de beber, tal vez algo de comer; le indicaron que el menú se encontraba en un carpeta debajo del televisor, en el mueble que estaba empotrado en la pared frente a la cama. Ella dijo que no a todo. Muchas gracias. El empleado que le llevó la cubeta con hielos le comentó a la policía que la huésped abrió la puerta rápidamente. Que parecía tranquila aunque también podría haber estado un poco nerviosa. Que sus movimientos le parecieron bruscos, aunque no demasiado. Que tal vez evitó mirarlo a los ojos, pero tampoco estaba muy seguro. Es muy difícil hablar de personas que uno no conoce. Sonreía con amabilidad pero a la vez daba la impresión de estar apurada. En su rápido tránsito para colocar el recipiente con hielos sobre la mesa que estaba junto a la ventana, logró ver una botella de vodka y dos latas de agua tónica. Estaban en la mesa de noche. Lo recordaba con mucha claridad porque eran objetos diferentes, distintos, no formaban parte del rutinario paisaje de cada habitación. Por eso se fijó en ellos. Magaly Jiménez vestía el mismo pantalón y la misma blusa con la que llegó al hotel. Muchas gracias, repitió, y le dio una generosa propina. Tanto el empleado como las recepcionistas pensaron, en algún momento, que era una mujer casada que había venido a encontrarse clandestinamente con su amante.

Nadie, sin embargo, se presentó a buscarla. Magaly Jiménez no usó el teléfono de la habitación. Tampoco utilizó su celular para comunicarse con alguna otra persona. Sólo se desnudó y bebió vodka con agua tónica. Ingirió también siete u ocho ansiolíticos en píldoras de un miligramo. Llenó la tina con agua tibia. Y se dejó ir. Se deslizó hacia el fondo de su vida, medio borracha, cada vez más soñolienta, anotando erráticamente algunas frases de despedida en la hoja de un cuaderno, mientras el sueño la iba venciendo, mientras se ahogaba y se dormía al mismo tiempo.

Las mujeres son distintas en todo. Incluso a la hora de matar.

La policía sacó el cuerpo y lo colocó sobre las losas del baño. La piel de la mujer estaba arrugada y tenía un tono ligeramente azul. Sus pezones, sin embargo, estaban aún rosados, tiesos, como si estuvieran despiertos, como si tuvieran frío. Uno de los oficiales lo notó y le dio un codazo a un compañero, estiró disimuladamente sus labios señalando el cadáver, murmuró algo a su oído y luego ambos sonrieron.

Tenía cincuenta y dos años y todavía era una mujer atractiva.

¿Por qué *todavía*? ¿Qué énfasis da ese adverbio? ¿Es una manera de decir que, a pesar de tener cincuenta y dos años, Magaly Jiménez aún podía ser una mujer hermosa, deseable? ¿Es una forma de señalar que, después de su juventud, una mujer sólo puede ser atractiva si logra ocultar su edad? ¿Qué hace que una mujer se sienta o no se sienta atractiva? ¿Quién define eso? ¿Ella misma? ¿Las otras mujeres? ¿Los hombres?

Una mujer camina por la calle y, a su paso, los hombres la observan. Algunos lo hacen con cierto recato, tratando de camuflar su curiosidad, su interés; otros no disfrazan nada: la miran sin ocultar su ansia. Ella se da cuenta. Siente esas miradas. Siente el peso del deseo de los otros sobre su cuerpo. ¿Así puede medir su grado de atracción? ¿Lo disfruta? ¿Disfruta que le observen el culo con lascivia? ¿No lo disfruta pero le parece saludable, se siente valorada?

Las miradas de los hombres casi lamen su cuerpo, sus movimientos.

¿Eso le gusta más que su propia mirada frente al espejo? ¿Le importa más?

¿Cómo se sentía Magaly Jiménez respecto a ella misma, a su cuerpo, a su figura? ¿Se sentía atractiva? ¿Se sentía *todavía* atractiva?

Tenía cincuenta y dos años, era delgada, sin llegar a ser una mujer atlética, tenía buena figura, los músculos firmes. El análisis policial no se detuvo demasiado en los detalles y el cadáver fue trasladado rápidamente a la morgue. Las diferentes evidencias, más el examen preliminar del forense, no permitían que se colara alguna otra hipótesis. Magaly Jiménez se había quitado la vida. Se trataba de un suicidio bien pensado, planificado y ejecutado con calma y precisión. El coctel de vodka con los ansiolíticos había sido muy eficaz. En la hoja de un cuaderno escolar, nuevo, probablemente comprado para la ocasión, Magaly había escrito unas breves líneas, destinadas a su único hijo. Fue sencillo deducir que la primera carta había sido escrita antes de meterse en la tina. Los otros dos mensajes que escribió después ya estaban manchados por el agua y por los efectos del alcohol y de las píldoras.

Querido Sebas:
No quiero que te culpes por esto. No tiene nada que ver contigo. Tú eres lo más grande, lo mejor, lo más bonito que me ha pasado en la vida. No creo que entiendas ni aceptes esta despedida. Espero que la rabia no te dure mucho y que luego me perdones
Te amo muchísimo

Mamá.

Una evaluación grafológica estableció lo obvio: que la letra era de la misma persona y que gradualmente iba registrando el proceso de intoxicación etílica y química de la difunta. Lo más probable era que el último mensaje hubiera sido escrito ya muy cerca del momento de su muerte, eso explicaría la debilidad de la letras y las gotas de agua que hacían casi ilegible esa línea.

Esta podría ser una posible reconstrucción de lo sucedido:

Magaly entró al baño, aún estaba vestida, tenía un vaso con vodka y agua tónica en la mano. Ya era de noche. Desde la habitación llegaba el lejano sonido del televisor. Era un avance del noticiero, transmitían unas declaraciones de un general diciendo que todo estaba en orden. Sin embargo, en la calle, bastante cerca del hotel, a veces sonaban algunos disparos. Toda la tarde había transcurrido así. Siempre era igual. Llevaban tanto tiempo así. La policía detenía gente todos los días. Magaly apagó la luz del baño y siguió mirándose a oscuras en el espejo. El país sólo fue un rumor lejano, encendido en la televisión, encendido en los disparos dispersos que venían de la calle. Un rumor que estaba más allá del vodka.

Tal vez pensó en Sebastián. Quizás de nuevo agradeció que estuviera afuera, tan lejos. Era una rara combinación de tristeza y de alivio. Vivir en esa ciudad era jugar a la ruleta rusa. En cualquier momento te podía tocar una bala. Hacía tres años, ella misma había promovido que su hijo se fuera a estudiar un postgrado en Estados Unidos. Sebastián no estaba demasiado convencido, no quería dejar a sus padres solos, no deseaba abandonar la ciudad, y estaba comenzando a salir con una muchacha que le gustaba mucho, que lo tenía muy entusiasmado. Ninguna de las tres razones, sin embargo, duraron demasiado. La muchacha regresó con un novio anterior y Magaly consiguió para él una maestría en econometría en la universidad de Los Ángeles. Así logró expulsar a su hijo del país. Cada vez que veía las manifestaciones y el humo de las bombas sentía una aguda presión en el pecho. Saber que Sebastián estaba lejos le producía dolor pero también alivio. Sentía impotencia, culpa, rabia, pero al mismo tiempo también sentía una áspera tranquilidad.

Se desnudó poco a poco frente al espejo. Lentamente. Primero se sacó los zapatos. Lo hizo con los pies, sin dejar de mirar su reflejo en el cristal. Luego se quitó el pantalón, se desabotonó la blusa, la colocó sobre la tapa del retrete. Descalza y en ropa interior se acercó a la tina, manipuló las llaves y dejó correr el agua hasta conseguir la temperatura adecuada, luego accionó la manija para tapar el desagüe. Cuando la bañera comenzó a llenarse, fue de vuelta a la habitación, buscó en su bolso el pequeño cuaderno, un bolígrafo y la caja con los ansiolíticos. Se sirvió otro trago, con menos tónica y más vodka. De regreso al baño, apagó el televisor. En ese momento estaban transmitiendo un informe del Alto Mando.

Metió un dedo en la tina. El agua estaba tibia.

Apartó la ropa y se sentó sobre la tapa del excusado, se tomó las dos primeras pastillas, bebió un largo trago de vodka. Luego tomó el cuaderno y el bolígrafo y le escribió a su hijo:

Querido Sebas: no quiero que te culpes por esto. No tiene nada que ver contigo: tú eres lo más grande, lo mejor, lo más bonito que me ha pasado en la vida. No creo que entiendas ni aceptes esta despedida. Espero que la rabia no te dure mucho y que luego me perdones. Te amo muchísimo.

Mamá.

Antes de meterse a la tina, se sirvió un poco más de vodka y tomó otras dos pastillas. Se miró de nuevo en el espejo. Acercó la cara al vidrio. Tenía ganas de llorar. Pero ya había pensado demasiado en todo lo que estaba ocurriendo. Los suicidios no se improvisan. Por el contrario, sólo son el paso final de una muerte que se ha pensado detalladamente, que se ha ido administrando durante largo tiempo. Llevó a la tina el vaso, el cuaderno, el bolígrafo. Cruzó sobre el borde de cerámica y se quedó de pie unos instantes dentro de la bañera. Lo pensó unos segundos más. Luego se inclinó y dejó el vaso en una esquina, junto al jabón y un pequeño frasco con sales minerales. La llave del agua seguía abierta. Una ligera nube de vapor flotaba a media altura. Fue entonces cuando, con letra más desigual y menos firme, escribió las líneas del segundo mensaje, unas pocas frases en otra página de su cuaderno. Sólo fueron doce palabras:

Quizás fue un rapto de remordimiento. No llegó a arrepentirse pero sí sintió un tirón interior que la hizo sentir en falta. Desnuda, a punto de entrar al agua, dispuesta a morir, de repente se sintió desleal. Y entonces escribió con apuro una súplica, dibujó la apariencia de un fugaz arrepentimiento.

Perdóname, mi amor. Perdóname todo lo malo. Perdóname también esto, por favor.

Pero siguió ahí. No se detuvo.

Luego, tal vez, dejó el cuaderno en el rellano de cerámica que se extendía medio metro hacia la pared del fondo, lo más lejos posible del borde de la tina. Se deslizó poco a poco hasta quedar sentada, en medio del agua. Cerró los ojos y escuchó el sonido del chorro cayendo, el borboteo leve; dejó que su cuerpo entrara en contacto con el líquido, como si fuera un bóveda flexible. Sintió el agua en sus rodillas, en sus nalgas y en su sexo, en sus senos y en sus axilas. Hundió un poco más el cuerpo, hasta que sus hombros fueron también abrazados por la leve marea de la tina.

¿Qué ocurrió a partir de ese instante? ¿Cuánto tiempo más estuvo ahí, en esa misma posición? ¿En qué pensó? ¿Cómo fue sintiendo, suavemente, la invasión del alcohol y de los ansiolíticos dentro de su cuerpo? ¿Percibió, tal vez, cómo se dormía una pierna? ¿Sintió la saliva amarga, la boca cada vez más seca? ¿Tuvo alguna sensación de desequilibrio, incluso ahí, flotando en el agua? ¿Se arrepintió? ¿Por qué, en algún momento, decidió escribir algo más, una línea más, una última frase? ¿Se levantó del agua con facilidad o, más bien, lo hizo con movimientos torpes, erráticos? ¿Pensó la frase antes, mientras estaba meciéndose en la tina, o se le ocurrió ya al final, desnuda y encorvada, goteando sobre la primera página del cuaderno? ¿Fue una decisión racional o un rapto abrupto, empujado más bien por la velocidad del vodka? ¿Por qué Magaly Jiménez escribió esa última frase?

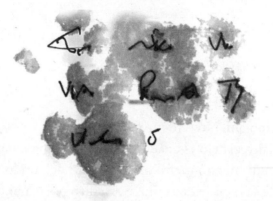

Todos los intentos por descifrar esa línea, por hacerla medianamente legible, fracasaron. La policía no gastó demasiado tiempo. Con eficiente velocidad, desistió. Una vez declarado el suicidio, parecía intrascendente que la confesión fuera o no inteligible. Sólo era un asunto sentimental y, por lo tanto, privado. Para efectos del caso, no importaba mucho lo que la occisa hubiera querido decirle a su hijo. Al final, sólo eran palabras en el agua. El verdadero y único mensaje había sido enviado de manera directa, sin titubeos. No necesitaba traducciones. Podía leerse con total nitidez. Magaly Jiménez decidió quitarse la vida. Hizo su muerte. Nada más.

(Los suicidas siempre avisan)

En otras épocas, tal vez, un suicidio hubiera ocupado una esquina de las páginas de sucesos de algún periódico. Pero en esos días, ya ni siquiera había periódicos. Los que quedaban estaban dominados por el Alto Mando. En la primera página había siempre fotos de algún funcionario declarando en contra de los rebeldes y a favor de la patria. La gran mayoría de la gente se interesaba por otras primicias, quería saber a qué mercado había llegado pollo, dónde podía conseguirse crema dental barata. La situación económica era terrible, el dinero no alcanzaba para nada, los precios cambiaban cada día, había que hacer cola para comprar cualquier producto y, muchas veces, ni siquiera se conseguía. No había harina, no había arroz, pero también escaseaban las medicinas, los desodorantes o las tollas sanitarias. La ciudad parecía estar llena de zombies o de fantasmas, deambulando, caminando sin sentido, en cualquier dirección. Muchas calles estaban vacías. Otras, llenas de gente formada en fila, esperando su turno frente a un mercado o una farmacia. Era común encontrarse a personas hurgando entre las bolsas de basura, buscando comida. Una tarde, volviendo del consultorio, Magaly Jiménez vio a una familia escarbando entre los deshechos, cerca de su casa. La mujer cargaba una niña pequeña en brazos. Otras dos niñas estaban junto al hombre, todos en cuclillas, revisando entre las bolsas negras y los desperdicios regados sobre la acera. No eran mendigos. Estaban todos limpios, vestidos, con zapatos. Magaly tenía en el carro parte de una compra que había hecho en el mercado negro, donde se conseguía de todo pero a precios exorbitantes. Detuvo el automóvil junto a ellos. La mujer estaba de espaldas, agachada, explorando en la basura, buscando tesoros. Magaly sintió que tenía atascado en el pecho un trozo de hierro caliente. Trató de llamarla pero no supo cómo decirle, qué decirle. Le gritó un monosílabo. Dos vocales apretadas, urgentes. La mujer entonces volteó. Cargaba el bebé en el brazo izquierdo. En la mano derecha apretaba un hueso de pollo. Magaly sintió un olor a cenizas en su garganta. Le ofreció una bolsa con pan de molde y un paquete de harina. Al dárselo, sintió que su mano temblaba. La mujer dijo gracias y miró abismada el regalo. Las dos niñas se acercaron. El hombre ni siquiera volteó. Magaly, apremiada y todavía nerviosa, encendió de nuevo el carro y se alejó. Cuando la familia empezó a ser un dibujo lejano en el espejo retrovisor, comenzó a llorar.

Pero el Alto Mando decía que no había hambre. El Alto Mando aseguraba que el hambre era una manipulación mediática. El Alto Mando denunciaba que el hambre era invento de los enemigos. El Alto Mando decía que el Alto Mando defendía y protegía a todos los ciudadanos de una invasión extranjera. El Alto Mando repetía que gracias al Alto Mando el pueblo se había salvado.

¿Quién era el Alto Mando? Nadie parecía saberlo.

¿Qué era? Era una voz acompañada de muchos hombres con armas.

¿Dónde estaba? En todos lados.

La familia que buscaba comida en la basura tampoco aparecía nunca en las noticias. Tampoco podían verse las marchas de protesta, la gente que detenían, los estudiantes que desaparecían o quedaban muertos sobre las calles. El Alto Mando decía que todo eso no era real, que lo que los ciudadanos veían y vivían sólo era una ficción.

Como todas las noches, Magaly estuvo pellizcando la red, buscando los *sites* que le parecían más confiables, tratando de entender mejor la imagen que había visto, la perturbación de esa familia queriendo alimentarse de los desperdicios de otros. En un momento, se levantó a buscar agua. Abrió el refrigerador. La luz iluminó las bandejas. Vio todo lo que tenía: queso, jamón, dos envases de vidrio con comida preparada, algo de fruta, un cartón de leche, una docena de huevos ordenada en uno de los estantes de la puerta, una botella de vino blanco; lechugas, tomates, cebollas, zanahorias, papas, brócoli, cebollín y célery, en el compartimiento de las verduras. Dos frascos de yogurt. Mantequilla importada. Aceitunas griegas. El frío tocó su rostro. No pudo evitarlo. Se sintió culpable. La nevera parecía un altar. Y la imagen de la mujer, cargando a su hija y empuñando un hueso de pollo, cruzó de nuevo frente a sus ojos. Era una imagen que ya no podía sacar de sus ojos.

—¿Estás deprimida?

—Aquí todo el mundo está deprimido —contestó, después de una pausa.

Ese breve diálogo es lo único que recordaba nítidamente Sebastián de la última conversación telefónica que sostuvo con su madre. Hablaron unos días antes de su muerte. Era de noche, tarde. Sebastián acababa de llegar a su pequeño departamento en West Hollywood, había estado bebiendo unas cervezas en un bar con algunos compañeros de la universidad. Luego fueron a casa de Phil, en la playa, fumaron hachís y trataron de ver una película experimental. Era un filme pretencioso, grabado todo de noche y ambientado en unas erráticas prácticas de *surf*. Estaba toda mal iluminada de manera deliberada. El director deseaba que las sombras también fueran protagonistas de la historia. Pero el único relato parecía ser las olas del mar, repitiéndose. Sebastián se fue antes de que terminara. Dijo que tenía una cita. Llegó a su casa muerto de hambre y ya estaba a punto de devorar unas sobras de comida thai cuando, de pronto, sonó el teléfono. Miró el identificador de llamadas y vio luego la hora.

—Si aquí son las once y media, allá son la una y media de la madrugada —dijo al atender. Las palabras estaban envueltas en un tono de reproche cariñoso.

—Sí. Me desvelé —confesó Magaly.

Estuvieron conversando media ahora, algo así recordaba vagamente Sebastián, aunque no podía precisar con claridad los temas de la plática. Debió ser una charla como cualquier otra, donde intercambiaban comentarios sobre los estudios en la universidad, la vida cotidiana de Sebastián en Los Ángeles, alguna noticia familiar o del país. Pero casi al final, de pronto, quedaron en silencio. Sebastián terminaba de comer un curry de pescado y sintió que, del otro lado de la línea, su madre había desaparecido. Pensó incluso que se había cortado la llamada.

—¿Mamá? —preguntó.

Luego de unos segundos, su madre sólo dijo: aquí sigo. Sebastián sintió que su madre estaba mal, más triste que de costumbre. Abrumada. Y fue entonces que le preguntó:

—¿Estás deprimida?

—Aquí todo el mundo está deprimido.

Sebastián recordaba sólo esas dos frases. Lo demás formaba parte de la marea difusa de la memoria. Podía suponer que trató de animar a su madre. Podía deducir que, probablemente, volvió nuevamente a pedirle que saliera del país, al menos por un tiempo. Podía también imaginar que la invitó a pasarse unos días con él en California. Te vienes y te quedas dos o tres semanas aquí, vas a la playa, descansas, te desconectas, te oxigenas, algo así pudo haberle dicho. Pero no lo recuerda con puntual exactitud. La siguiente llamada que recibió desde Caracas fue para darle la noticia, para anunciarle que su madre había muerto.

Sebastián no quiso entrar a la morgue a reconocer el cadáver. Su madre llevaba ya tres días en una de las cavas refrigeradas. La familia había tenido que pagar clandestinamente una cantidad especial para poderla mantener ahí. La morgue estaba saturada, no había suficiente frío para todos los cuerpos. La tía Isabel, hermana de su padre, lo recibió en el aeropuerto y lo llevó directamente hasta la morgue. Le recordó que se trataba de una institución oficial que compartía las mismas deficiencias que el resto de las dependencias del Estado. La morgue era un desorden lleno de cadáveres.

—Tienes que ser fuerte —le había dicho la tía Isabel al abrazarlo en el aeropuerto.

En el trayecto hacia la ciudad no hablaron demasiado. Sebastián estaba exhausto. La manera más rápida y barata de llegar al país había implicado un crucero por tres aeropuertos. El viaje con escalas había durado diecisiete horas. Tampoco tenía mucho ánimo. Todavía estaba tratando de digerir la noticia. Obviamente, se sentía culpable. ¿Por qué no se dio cuenta? ¿Por qué no advirtió a tiempo que su madre estaba tan desesperada? ¿Por qué jamás pensó que algo así podría ocurrir?

—No sufrió —acotó su tía, sin que nadie se lo pidiera. Sólo dejó caer el comentario cuando el automóvil se detuvo en un semáforo. Lo dijo sin dejar de mirar hacia el frente y sin soltar las manos del volante.

—El médico nos dijo que no había sufrido —repitió, en la misma posición pero un poco más alto, con más énfasis.

Apenas dos años antes, Sebastián había realizado el mismo trámite con su padre. Roberto Ruiz murió una noche de septiembre en una clínica de la ciudad. La crisis empezó una mañana, al despertar. Se puso pálido, comenzó a boquear, a toser. Magaly ni siquiera se molestó en llamar a una ambulancia. Temía que su marido convulsionara, estaba escupiendo sangre. Lo montó en su coche y se fue a enfrentar la emergencia. No era la primera vez que pasaba. Lo hospitalizaron de inmediato. Lo atendieron, estuvo toda la tarde en cuidados intensivos hasta que se estabilizó y lo pasaron a una habitación. Pero ya había entrado en una crisis terminal. Siempre hay una jeringa de la cual no se regresa. Su padre murió esa misma noche. Sebastián viajó de inmediato. Con los ojos enrojecidos y la cara lívida, Magaly lo esperaba en el aeropuerto. Más que abrazarlo, su madre se aferró a él, temblando.

En esa ocasión, el camino del aeropuerto a la ciudad fue muy distinto. Los dos estaban llorosos y su madre no paró de hablar. Estaba nerviosa, necesitaba desahogarse. Le contó cómo había ocurrido todo, le aseguró repetidas veces que ella había hecho lo imposible por salvarlo, que ella había reaccionado de forma correcta, que ella no había cometido ninguna falta… hasta que el propio Sebastián, algo exasperado, le pidió que se calmara, que no tenía por qué justificarse. Que ella no lo había matado.

—Papá estaba enfermo —dijo—. Todos sabíamos que podía ocurrir algo así.

Su madre sólo asintió.

No había casi tráfico en la autopista, las montañas estaban muy verdes. Los dos se quedaron unos segundos en silencio. Como si no supieran qué hacer con el paisaje exterior. La belleza era incómoda. Hacía daño en los ojos. Entonces, su madre lo dijo:

—Yo no lo he visto. No lo quiero ver así.

Sentado en la oficina de la morgue, esperando al supervisor de turno, Sebastián recordó ese momento, aquella oportunidad en que su madre se negó a ver el cadáver de su marido.

—No quiero tener esa imagen en la memoria.

Sebastián debió ingresar sin ella a la sala del hospital donde tenían el cuerpo de su padre. Acompañado de una enfermera absolutamente inexpresiva, vio el cadáver. Entendió a su madre. ¿Qué sentido tenía convertir ese momento en un desgarrador recuerdo visual? Se acercó, quiso tocarlo pero detuvo el ademán, temió que la piel estuviera demasiado fría, que el contacto fuera aún más doloroso que la imagen. No pudo contener un gemido ahogado, el llanto. No supo qué más hacer. Ese rostro con una mueca congelada, tiesa; la boca entreabierta, los ojos vacíos, era y no era al mismo tiempo su padre. Por primera vez sintió que la tristeza podía ser también una experiencia física. Los síntomas de la melancolía pueden ser tan dolorosos como los síntomas de una infección en los riñones. La enfermera le preguntó si lo iban a enterrar o si lo iban a cremar. Sebastián volteó a verla, desconcertado.

—Es por los dientes —acotó la mujer.

Sebastián no quiso ver a su madre en la morgue. Se negó. Sólo recibió la autopsia, el informe policial y los objetos personales que fueron encontrados aquella mañana en la habitación del hotel. Aparte de la botella de vodka, la caja de ansiolíticos, la libreta de notas y el bolígrafo, le entregaron una bolsa plástica con las otras cosas que dejó su madre en el lugar: la ropa, el bolso, el teléfono celular, un pintalabios y una polvera pequeña, las llaves de su departamento, una billetera que no tenía dinero ni tarjetas bancarias, sólo los documentos, la cédula de identidad, el permiso de manejar, el carnet del colegio de odontólogos. Nada más. Sebastián observó todo en silencio, sintiendo un gran vacío. Esas eran las sobras de su madre. Sus restos.

El informe de la autopsia detallaba, con términos clínicos y con una redacción excesivamente precisa, la muerte de Magaly Jiménez. Se refería a una asfixia por sumersión, mencionaba probables etapas en el proceso respiratorio, señalando un cuadro de disnea y, finalmente, una anoxia cerebral irreversible.

Sebastián movió la lengua dentro de su boca. Las palabras le supieron a óxido. Las leía con los ojos pero las sentía manchando su saliva.

A su madre nunca le gustó demasiado la playa. Había nacido en la montaña, a seis o siete horas en carro de la costa. Nunca aprendió a nadar y, sin embargo, a la hora de morir había elegido hundirse en el agua. La paradoja, sin embargo, escondía una apuesta por la discreción que tenía mucho que ver con su personalidad, con la manera en que había llevado su propia vida. Siempre fue una mujer callada, poco expresiva. Estudió odontología, se especializó en periodoncia, trabajó disciplinadamente hasta lograr tener su propio consultorio. Durante años, su vida personal estuvo postergada. Se casó a los veinticinco años con Roberto Ruiz, un hombre diez años mayor que ella, soltero y parco, con más gruñidos que palabras. Él había estudiado administración y siempre había trabajado como funcionario público. Sólo tuvieron un hijo, a quien intentaron darle todo lo mejor posible, como suele decirse y como suele ocurrir. Sebastián creció en una familia estable pero poco divertida. Nunca supo si sus padres eran o alguna vez fueron felices juntos. La felicidad es un misterio tan profundo como la depresión.

El forense encargado le dijo que no eran frecuentes los suicidios por sumersión. Que, en general, las estadísticas mostraban que las mujeres preferían quitarse la vida de otra manera: lanzándose desde un lugar elevado, envenenándose con alguna sustancia tóxica, incluso ahorcándose. Luego quedó unos segundos en silencio, como si tuviera algo que comentar pero no se atreviera a hacerlo. Sebastián se dio cuenta de inmediato.

—¿Hay algo más? —preguntó.

—Esto quizás puede sonarle feo.

Y nuevamente quedó en silencio. Sebastián entendió que el hombre estaba anticipando una disculpa, solicitando un permiso. Asintió, como dando a entender que quería escucharlo.

—Fue una muerte elegante —casi susurró el doctor.

Sebastián permaneció inmutable. Recordó lo que ya le había dicho su tía.

—Lo que trato de decirle —prosiguió, con una serena firmeza— es que ha podido dispararse un balazo en la cabeza, ha podido colgarse de una soga, tirarse de un puente, de un balcón de un edificio…Y no lo hizo. Eligió una forma de morir que no deja rastros. Y supongo que eso lo hizo por usted. No sé si esto le sirva de algo pero tiene que entender que su madre quiso evitarle un espectáculo.

Sebastián no supo qué decir. Sintió que no tenía lenguaje. El forense le extendió un sobre de papel. Sebastián lo miró pero no hizo ningún ademán por recibirlo.

—Son fotos —dijo el hombre—. Así la encontraron en el baño del hotel.

Sebastián siguió sin atreverse a tomar el sobre.

—No tiene que verlas —musitó el doctor, dejando el sobre junto a las pertenencias en el escritorio—. Puede botarlas en la basura al salir de aquí.

También tuvo que hablar con un comisario de la policía, un oficial flaco y mal encarado, que a pesar del calor llevaba puesta una chaqueta de cuero negro. Era evidente que estaba apurado y de mal humor. Comentó con rapidez el reporte, no se detuvo en detalles, no había sido necesaria ningún tipo de investigación. Se trataba de una viuda, sola, abrumada, con un cuadro depresivo severo, probablemente alterada por toda la situación que se vivía en el país.

—La radio y la televisión andan todo el día llenando de angustias a la gente —masculló.

Sebastián no dijo nada.

Después de una pausa, sin demasiado interés, el oficial le hizo dos o tres preguntas generales sobre su madre, sobre el tipo de relación que tenían; inquirió si conversaban a menudo, si su madre alguna vez en alguna conversación había asomado la intención de quitarse la vida.

Sebastián dijo que no. Nunca.

—Es raro —comentó el policía, con descuido, sin mirarlo—. Los suicidas siempre avisan.

La frase se convirtió en una mancha. Y se instaló detrás de sus ojos. En la noche, en el apartamento de su madre, sentado junto a la mesa del comedor, sintió que seguía ahí, como un lunar borroso, flotando debajo de su mirada. ¿Por qué él no había sido capaz de leer en alguna frase, en medio de una conversación inocua, una pista de lo que iba a suceder? ¿Por qué jamás se tomó en serio la tristeza de su madre? ¿Por qué no supo escuchar esas señales de urgencia?

El apartamento estaba impecable. Como si lo acabaran de limpiar. La nevera estaba vacía, sólo había en ella dos botellas llenas de agua. Todo se encontraba en orden. Había incluso un jarrón con un ramo de flores azules. Sebastián no pudo recordar el nombre de esas flores, pero sabía que a su madre le gustaban mucho. ¿Cuándo las había comprado? ¿Por qué las había comprado? Se puso de pie, dio unos pasos, girando, mirando lentamente todo el lugar. ¿Era esa la casa de una suicida? No había ahí ninguna señal, ninguna huella, ningún síntoma. En ese momento, podría sonar la llave en la cerradura, podría abrirse la puerta, podría aparecer su madre y sonreír y saludar y decir buenas noches y preguntar ¿cuándo llegaste? Pero no. Eso ya no sucedería jamás. Y su madre misma tenía que saberlo. Cuando salió por última vez de su casa, cuando se fue al hotel, sabía perfectamente que jamás regresaría, que estaba abandonando para siempre ese lugar, que así encontraría Sebastián el departamento cuando viniera. Todo estaba intacto. Todo estaba impecable ¿Había acaso, en esa perfección, algún mensaje?

Sebastián no aceptó la invitación a quedarse en casa de su tía Isabel. Se empeñó en dormir en el lugar donde vivía su madre, en el mismo departamento donde la familia había vivido siempre. Esa era su casa, dijo. Probablemente, sin necesidad de tenerlo demasiado consciente, deseaba estrujar un poco sus culpas, azotarse con el silencio del inmueble.

Sebastián recorrió todo sin prisa, con movimientos suaves, como si temiera romper el aire, ese velo delicado que contenía en orden, en calma, toda la decoración de la casa. Un gesto hubiera podido provocar un derrumbe.

Cuando entró en el cuarto de su madre, sintió como cristales en el fondo de la lengua. Todo también guardaba un orden preciso, cabal, intolerable. La cama estaba perfectamente arreglada, la cobija se encontraba perfectamente estirada, lisa. En la mesa de noche, cada objeto parecía respetar perfectamente la organización del espacio: la lámpara en la esquina, tres libros formados, con disciplina, uno sobre otro, una portarretratos pequeño donde sonreía Sebastián a los cinco años de edad, un cuenco de porcelana donde —de seguro— su madre ponía cada noche las píldoras que debía tomarse antes de dormir.

Píldoras.

Dormir.

Sebastián se sentó en la cama. El colchón le pareció más rígido de lo que esperaba. No cedió ante su peso. Miró los clósets cerrados, el mueble de madera con gavetas que servía de base al televisor, el espejo sobre la pared. De pronto vio a su madre ese día, esa tarde, preparando todo para irse al hotel: está en ropa interior, frente al clóset abierto, como si estuviera decidiendo qué prendas ponerse. Sobre la cama está su bolsa. En el suelo hay dos pares de zapatos y unas sandalias. La televisión se encuentra apagada.

¿El vestido verde con pliegues?

¿O mejor la blusa y el pantalón negro que compró hace dos años?

O quizás algo más informal: ¿el pantalón de jeans y la camisa blanca sin botones?

Su madre en realidad no está desnuda. O mejor: sí lo está pero Sebastián no puede verla así. Su imaginación no se lo permite. Difumina la imagen. Su cuerpo nunca llega a aparecer completo, nunca puede verse nítidamente. Sólo observa su rostro mirando las filas de ropas colgando dentro del clóset. Los ojos de su madre. Si acaso, los hombros. No las tetas. No la cintura flexible, ablandada por los años. No su sexo.

¿Está desnuda o lleva ropa interior?

Sólo en una ocasión Sebastián recuerda haber visto a su madre desnuda. Tendría seis o siete años. Quería salir a la calle a jugar con sus amigos. Su madre se estaba bañando. Sebastián entró sin tocar la puerta, sin malicia, con la única urgencia de obtener un permiso rápidamente. Detrás de la cortina del baño, su madre se sorprendió al oír su voz. Le dijo que la esperara afuera. Pero Sebastián insistió. Volvió a preguntar. Una, dos, tres veces, hasta que ya harta su madre cerró la llave del agua y de golpe empujó la cortina, molesta, impaciente, buscando con apremio una toalla. En esa fracción de segundos,

Sebastián la vio. Lo que más le impresionó fue su vello púbico, ese manojo de cabellos cortos y aun mojados, en el centro de su cuerpo. Los miró boquiabierto mientras su madre le gritaba que se fuera, que no podía esperarla ahí, que saliera del baño de una buena vez.

Hizo un esfuerzo. Apretó los ojos como si quisiera en realidad apretar su imaginación. Hasta que por fin logró ver a su madre de espaldas, frente al clóset. Está desnuda. Su espalda lisa, su piel, sus nalgas. Está desnuda, decidiendo qué ropa ponerse para ir a morir.

Otro recuerdo: de la nada, repentinamente surge Mirian. Ella fue la última muchacha con la que estuvo Sebastián. Habían terminado hacía cuatro meses. Ambos, en un acuerdo tácito, sin necesidad de explicaciones, comenzaron a alejarse, a desentenderse el uno del otro, hasta que la relación se apagó de manera natural. El recuerdo se ubica en una noche, en el departamento de ella. Sebastián mira su reloj, está desesperado. Ha comprado unas entradas para un concierto y teme llegar tarde. Mirian está todavía en ropa interior, indecisa. Se ha probado ya varios atuendos y ninguno parece convencerla. Las posibles combinaciones de ropa están tendidas sobre la cama, como cadáveres de tela, ordenados, esperando que una súbita decisión los resucite.

Sebastián vuelve a mirar su reloj, comienza a exasperarse.

Mirian saca un vestido de un color indefinido y, aun colgado en su percha, lo desliza por encima de su cuerpo y mira fijamente a Sebastián.

—¿Cómo me queda éste?

—Estupendo —exclama.

—Lo dices porque quieres que nos vayamos ya.

—No, en serio. Me gusta mucho.

—¡Ni siquiera lo miraste bien! —masculla Mirian, empujando la prenda sobre la cama y volviendo a enterrar los ojos entre sus ropas.

Sebastián siente una furia terrible, unas ganas irremediables de empujarla en su clóset, de encerrarla y dejarla ahí. Tiene miedo.

—Dime la verdad. Pero en serio. —Mirian lo encara, muestra entonces una camisa de flores— ¿Qué te gusta más? ¿Esta camisa, con el pantalón azul, o el conjunto rojo que me puse cuando fuimos a cenar a Malibú?

Ningún hombre puede sobrevivir a una pregunta de ese tipo.

La memoria es blanda y arbitraria. Salta de un clóset a otro sin necesidad de justificar nada. Tal vez, en esa oportunidad, Sebastián hubiera preferido poder controlar mejor sus recuerdos, evitar ese brinco entre esos dos momentos. Pensó de pronto en su propio clóset. Lo recordó con más gavetas que perchas. Con más anarquía que equilibrio. Y entonces también pensó: los clósets son femeninos. En general, la relación de los hombres con la ropa es distinta. Hay menos juego, menos diversidad, menos goce.

De pronto, sonó el teléfono.

Sebastián se incorporó, se sentó en la cama, miró instintivamente hacia la mesa de noche. Supuso que debía ser su tía Isabel. No tenía ganas de hablar. Ya eran las diez y media de la noche. Ella podría deducir tranquilamente que él estaba dormido. Se mantuvo en silencio junto al teléfono, esperó que cesara el timbre, que se activara la contestadora. No hubo mensaje.

Sebastián se dejó caer, volvió a tenderse lentamente sobre la cama, estiró sus pupilas hasta el techo. ¿Cuántas veces habría estado así su madre? Los ruidos de la calle estaban demasiado lejos. ¿Cuántas veces, en una noche así, en medio de las sombras, deseó quitarse la vida? Quizás primero comenzó siendo eso, sólo un deseo, un deseo pequeño, asustadizo, asomándose por un agujero. Y luego, poco a poco, ese deseo fue creciendo, madurando, convirtiéndose en un ansia, en una idea, en un argumento, en una decisión, en un destino. ¿Nunca dudó? ¿Ni siquiera cuando colgaba el teléfono, después de hablar con él? ¿O cuando deslizaba sus ojos hasta la mesa de noche, hasta esa foto donde aparecían los dos, abrazados, riéndose en la playa?

Sintió el ardor de las lágrimas mojar nuevamente el borde de sus párpados. Desde adentro. Como si fuera un sudor agrio. Tardó unos segundos en incorporarse pero, cuando por fin se movió, lo hizo de golpe, abruptamente. Dio varias zancadas, cruzó hasta la sala, tomó con fuerza y torpeza el sobre que le habían dado, rasgó el borde de un tirón y, casi como si esa fuera la única manera de hacerlo, extrajo las fotos. Estaba temblando. Aún de pie, las observó aguantando la respiración.

Su madre tendida bajo el agua.

Su madre desnuda bajo el agua.

Su madre dormida bajo el agua.

La imagen estática ofrecía una rara sensación de paz. Su rostro expresaba serenidad. Sus cabellos se desordenaban suavemente en el líquido. Los hombros parecían seguir una danza ligera, acompañando a los senos. Nada en su cuerpo estaba tenso, crispado. Su sexo era un punto suave, un nudo de pequeños pelos flotando en medio de la tina. Pensó que tal vez era la segunda vez en su vida que veía a su madre sin ropa.

Su madre sin vida bajo el agua.

Volvió a sonar el teléfono. Como si fuera una mascota irritante, impertinente.

Sebastián se sentó junto a la mesa. Tomó las otras cosas que le dieron en la morgue. El bolso y los pocos objetos que encontraron en su interior. La caja con pastillas. Y los papeles. Esas hojas con las letras de su madre, con sus últimas palabras. Leyó todo, nuevamente, muy despacio. Constató cómo la forma de las líneas iba variando, cómo las letras cambiaban, aparecían más pequeñas, aplastadas, escurridizas. Trazos apremiados.

La escritura se transforma a medida que se acerca a la muerte.

El primer texto respiraba aplomo, templanza. En el segundo, se dejaba colar cierto tono más sentimental, una declaración de amor mojaba la culpa. ¿Y el tercero? ¿Qué era? ¿Qué decía esa única línea? ¿Qué había detrás de ese enigma de letras sueltas y disueltas?

Sebastián buscó una hoja limpia, una pluma. Anotó una a una cada letra que podía leerse, marcó cada mancha, cada espacio.

T   a   da   ro   oy   n

Dos horas más tarde, todavía, cuando ya estaba acostado sobre la cama de su madre, desnudo, mirando al techo, seguía cavilando sobre esa oración incompleta. Pensó que detrás de ese enigma estaba todavía su madre desnuda, flotando. Que mientras no pudiera leer esa línea seguiría dominado por la inquietud; que si no lograba leer esa frase, jamás sabría realmente qué había ocurrido, por qué su madre había decidido ahogar su vida en la bañera de un hotel.

(Escuchar a los muertos)

No supo nunca cómo, ni a qué hora, se trasladó de la cama de su madre al sofá de la sala. Quizás un sueño lo empujó hasta ese lugar. Pero no podía recordarlo, no podía recordar nada. Sentía la cabeza hinchada, como si hubiera bebido mucho alcohol. Tenía también sensación de fatiga. Pensó que sólo estaba triste. Sonó nuevamente el teléfono, tardó unos segundos, confundido entre la memoria y el oído, tratando de ubicar dónde se encontraba el auricular, hasta que lo encontró en una pequeña mesa de metal situada cerca de la puerta que daba a la cocina. Contestó de manera instantánea, muy seguro de que era una llamada de su tía Isabel.

—Disculpa, acabo de despertarme, pasé muy mala noche —adelantó una excusa.

—Es normal, ¿no? —la voz demoró un poco en responder. Pero lo hizo con una extraña naturalidad. Sobre todo porque, obviamente, no era su tía. Sebastián dudó. No conocía esa voz. Velozmente repasó su cuadro familiar, buscando alguna prima posible, alguien cercano a quién darle el cuerpo de esa voz. No consiguió a nadie. Luego siguió una pausa incómoda.

—Soy Elisa Naranjo. No me conoces.

Sebastián se sintió un poco estúpido: en calzoncillos, descalzo, recién despertado y con el aliento seco, sosteniendo el teléfono en su mano izquierda para hablar con una desconocida. Hubo otro breve silencio. Hasta que Sebastián dijo hola. Fue un saludo diminuto, prudente, sin mucho aplomo. Pero fue la única palabra que logró atrapar mientras, debajo de sus ojos, danzaban imágenes diversas, formas posibles para una Elisa desconocida. Dibujó detrás de esa voz a una mujer menor de treinta años. La imaginó blanca, muy blanca, y con el cabello negro, muy negro. También imaginó unos senos grandes, generosos, perfectamente combinados con unas nalgas amplias y firmes. Sebastián arrastró con suavidad una silla y se sentó como si tuviera a esa Elisa enfrente. Trató de recuperar el control de la conversación, se disculpó y dijo que creía que Elisa quizás estaba confundida. ¿A qué número había llamado?, preguntó. Y ella recitó rápidamente una cifra de siete dígitos. Entonces él volvió a preguntar: ¿con quién quieres hablar? Y ella sólo respondió con otra pregunta: ¿tú eres Sebastián Ruiz, no? Y él dijo que sí. Y ella sólo confirmó: contigo quiero hablar.

Quedaron en verse en una panadería en una zona cercana. Sebastián llegó unos minutos antes. Estaba recién bañado y no había conseguido café en casa de su madre. El local se encontraba cerrado y una hilera de cuarenta personas o más ya estaban formadas junto a la puerta. Le explicaron que era la cola para comprar pan. Llevaban casi dos horas esperando y seguían sumándose personas al final de la línea. Elisa le contó que, desde hacía unos meses, la escasez se había ampliado con rapidez a casi todos los productos. No se encontraba nada y las colas se multiplicaban. En cualquier punto de la ciudad, siempre había una fila. A veces, ni siquiera se sabía muy bien para qué, pero igual la gente se formaba, pensando que al inicio de esa cadena humana, de seguro se encontraría algún tipo de mercancía necesaria: medio kilo de algún grano, una bolsa con leche en polvo, media docena de huevos. Al principio, hacer una cola comenzó a ser inversión. Poco después, perder las horas de pie, esperando, se convirtió en un trabajo. Había quien cobraba por ocupar un puesto, quien ofrecía su documento de identidad y vendía su cuota de racionamiento. Luego, estar en una fila se transformó en un modo de vida, en una manera de estar en la vida. Todo giraba en torno a esa simple formación, casi siempre silenciosa y melancólica, de hombres y mujeres organizados en una seguidilla irregular.

—Cualquier cosa puede pasar ahí.

Elisa lo impresionó con el relato de unas bandas que se dedicaban a asaltar colas. Robaban a los que estaban formados y robaban, también, la mercancía que iban a comprar.

—¿Y la gente no hace nada?

—La gente no hace nada porque no hay nada qué hacer. A menos que te quieras enfrentar a plomo con la delincuencia. Nadie se mete. Al Alto Mando le conviene que la gente viva en una fila. Todos pasamos formados todo el día. Somos con un ejército dormido.

Elisa era totalmente distinta a cómo se la había imaginado. Era delgada, no muy alta; tenía el pelo casi castaño, la piel tostada y los senos pequeños. Pero había algo en su mirada, en la boca, en la forma de hablar, que desde el comienzo le pareció perturbador. Ella lo condujo hacia una cafetería más pequeña, casi oculta en el recodo de un centro comercial parcialmente abandonado. Apenas se sentaron comenzó a hablar de su proyecto sobre mujeres suicidas.

—Creo que es un síntoma —dijo en algún momento de la conversación.

Las cuatro palabras cruzaron rápido entre ambos, atravesando el espacio entre sus bocas, como una línea de aluminio humeante.

Elisa le contó que, hacia ya tres años, cuando habían comenzado la crisis y las protestas, cuando el Alto Mando empezó a sacar a la policía y a los militares a las calles, ella de pronto empezó a notar que cada vez se suicidaban más mujeres. Al inicio, esas muertes aparecían en las noticias pero, bastante pronto, el Alto Mando decidió que era una información poco conveniente para la salud de los ciudadanos.

—Es lo que yo pienso, lo que yo deduzco —aclaró Elisa, antes de volver a tomar un sorbo de café caliente.

¿Por qué? Porque de un día para otro, en la poca prensa que quedaba, en los noticieros de la televisión, incluso en muchas páginas web, el tema jamás volvió a aparecer. Las mujeres suicidas fueron prohibidas después de muertas. Se les quitó la oportunidad de ser noticia. Elisa había realizado una investigación, tenía algunas estadísticas. Sacó unas hojas de papel y se las mostró a Sebastián. Según el registro de la morgue de la ciudad, el incremento de suicidios femeninos presentaba un saldo totalmente contrario a la presencia de esas mismas muertes en los medios de comunicación. Cada año, los suicidios habían aumentado un treinta o cuarenta por ciento y, sin embargo, en esas mismas fechas, las noticias sobre esos mismos sucesos habían ido desapareciendo de manera sorprendente.

—Hace dos meses una mujer se lanzó del viaducto —Elisa hablaba rápido, con un entusiasmo casi eléctrico—. Fue en la madrugada. Antes de tirarse, se engrapó en la mano una receta clínica. Era una medicina que no se conseguía. Fue algo horrible, espantoso.

—Creo que el caso de mi madre es muy distinto —Sebastián se puso a la defensiva, sin saber muy bien por qué, intimidado quizás por la vehemencia de Elisa.

—Su muerte no salió en ningún lado. Nadie la transmitió, nadie la publicó.

—¿Y tú cómo te enteraste?

Elisa dudó un segundo. Lo miró a los ojos, como si estuviera decidiendo si podía o no podía confiar en él. Luego giró la cabeza y con su mirada repasó todo el lugar en pocos segundos. Se inclinó, bajó la voz.

—Tengo un contacto en la policía. Él sabe que estoy en esto. Cuando puede, me avisa.

Así había logrado ir llevando un registro oculto de todas esas muertes invisibles.

Mujeres que se rompen sin que nadie se entere.

Mujeres que ya no pueden más y se destruyen.

Mujeres tristes, muy tristes, tan tristes que eligen desaparecer.

Mujeres que no soportan seguir vivas.

Mujeres que disparan, que inyectan, que cortan, que asfixian, que se lanzan al vacío.

Mujeres que se duermen bajo el agua.

—Como tu madre.

La frase arañó el aire. Sebastián se sintió indefenso, demasiado expuesto. Temió que de pronto lo sacudiera un ataque de llanto. Pensó que todavía estaba demasiado susceptible. Se sintió ridículo, avergonzado. ¿Cómo podía ponerse a llorar delante de una desconocida? Apretó los párpados, se concentró en los labios de Elisa. Le gustó el labio de abajo, más grueso. Imaginó que la besaba. Que con sus labios tomaba ese labio y lo lamía, lo jalaba. Bajó por la mandíbula, cayó en el centro de sus pechos. Trató de imaginar sus senos pequeños. Dejó que sus labios jugaran con los pezones.

Así combaten los hombres sus ganas de llorar.

—¿En qué estás pensando? —preguntó Elisa.

Sebastián tardó unos instantes en responder y finalmente logró decir que no estaba pensando en nada, o que sí, que estaba pensando en todo. Todo y nada a la vez.

—¿Te molesta hablar de todo esto?

Sebastián dijo que no.

Elisa repitió que se trataba de un síntoma. Pensaba que las mujeres suicidas eran otra señal de todo lo que estaba ocurriendo en el país. Quería que Sebastián le permitiera entrar en el departamento de su madre, que la dejara entrar y revisar, curiosear, hurgar entre sus cosas, buscando tal vez alguna pista, un indicio. Deseaba, también, que le permitiera filmar. Quería entrar con su cámara y dejar registrados todos los detalles posibles.

—Estoy haciendo un documental sobre ellas —dijo.

Una semana después, sucedió lo siguiente: Elisa estaba de pie, con la cámara en la mano, filmando en el apartamento. Sebastián se encontraba sentado en una esquina de la cama, mirándola. Hablaban de algo aparentemente intrascendente: ¿cuál era el color preferido de tu madre?, por ejemplo.

Durante dos días, Elisa se había dedicado a hacer un registro visual del lugar, de todos los objetos personales de su madre. Habían hablado bastante. Sebastián comenzó a sentir que estaba comenzando a gustarle. Pero era un deseo interior básico, un impulso que se movía en algún lugar de su ánimo cuando de pronto miraba sus caderas. Quería estar sobre ella, dentro de ella, pero nada más. No se había dado un acercamiento más personal entre ambos. Todas sus conversaciones siempre giraban en torno a su madre. Aunque hablaran de cualquier cosa, más temprano que tarde siempre terminaban en Magaly Jiménez.

Elisa pensaba que los hombres no tenían ninguna capacidad para entender la naturaleza femenina. No era un reclamo, ni siquiera un cuestionamiento o una crítica. Sólo era un diagnóstico. Creía que la mirada masculina estaba genéticamente incapacitada para observar y ponderar, en toda su complejidad, a las mujeres.

—¿Cómo es posible que no sepas cuál era el color favorito de tu madre? —Elisa abrió el clóset amplio que estaba frente a la cama. Una hilera de vestidos de diferentes tipos, pantalones y blusas, apareció desplegada frente a ellos.

—Y lo más interesante no es eso —continuó Elisa, mientras enfocaba con su cámara la ristra de prendas—. Lo más interesante es que no te importa demasiado. En el fondo, te parece algo tonto; no entiendes por qué lo pregunto, para qué, qué sentido puede tener eso.

Sebastián ensayó alguna respuesta con pretensiones ingeniosas, y fracasó. Luego continuó unos instantes en silencio, no sabía qué decir. Y, entonces, de pronto, Elisa hundió su mano en el clóset, entre las ropas de su madre, y el roce de las perchas de madera produjo un sonido peculiar. Sebastián sintió que ella estaba al borde de un precipicio, en la orilla de una oscuridad donde sólo bailaban blusas y vestidos de diferentes colores. Sebastián permaneció de pie y se quedó unos instantes así, como si estuviera paralizado, con la vista clavada en el interior del clóset. Comenzó a percibir que detrás de esas sombras se encontraba una presencia indescriptible; una energía extraña, cercana y lejana al mismo tiempo, palpable pero no visible. Se acercó con movimientos pausados. Repitió el gesto de Elisa, deslizó su mano sobre algunos vestidos. Las perchas volvieron a producir un ruido especial. Pensó que así crujía el tiempo encerrado dentro un clóset. Elisa lo miró sin entender muy bien qué le pasaba. Volvió a preguntarle por el color preferido de su madre. Sebastián rodó sus pupilas sobre las prendas.

—No lo recuerdo —musitó.

Unas horas después, ya de noche, decidió acostarse nuevamente sobre la cama de su madre. Apenas su espalda entró en contacto con las sábanas sintió una temperatura distinta, como si la delgada tela tuviera un leve fluido galvánico. Se extrañó, pero no demasiado. Ahuecó la almohada, buscando la mejor forma de acoplarla a su cabeza y percibió, entonces, un toque de corriente más fuerte. Luego toda la cama se puso más caliente. Sebastián no entendía qué estaba ocurriendo pero era evidente que algo estaba ocurriendo. No podía comprenderlo, organizarlo claramente en su cabeza, pero podía advertirlo. Era como si, detrás del paisaje opaco de los objetos, surgiera de pronto otra naturaleza que hasta ese momento nunca había logrado descubrir. ¿Se trataba acaso de su madre? ¿Estaba ella ahí, en ese momento, haciéndose presente de alguna manera? Toda aparición misteriosa, sobrenatural o extrasensorial, debe cumplir precisamente con esa condición: el tiempo presente. Implica que hay una fuerza inexplicable que de pronto comienza a actuar en lo inmediato, que irrumpe en el ahora, que sólo se puede definir por su sorpresiva manifestación en el presente.

Pero nada de eso ocurría.

Sebastián no advertía ninguna presencia. Permaneció inmóvil, a la espera, durante horas. Escuchó cómo, al fondo, la ciudad iba cambiando de sonidos, hasta que sólo se escucharon disparos o sirenas de policías y de ambulancias. El silencio había dejado de significar la calma. Sólo era una tensa pausa antes de otro disparo. En la madrugada se levantó y caminó, dio vueltas por el cuarto, sin buscar nada en particular, tratando de percibir algo especial. Abrió otra vez el clóset. Miró de nuevo las filas de ropa colgadas, arriba y abajo. Sus colores brillando, como manchas de luz en medio de la oscuridad. Y entonces lo entendió todo. No se encontraba frente al espíritu de su madre. Nadie estaba regresando de la muerte. No existía el fantasma de Magaly Jiménez. No había en esa habitación ninguna señal del más allá. Todo eso era ficción. Los muertos no hablan. No existen, no tienen nada qué decir. Es al revés. Hay que saber escuchar lo que nunca dijeron.

Sebastián volvió a sentarse en la cama. Lo único que podía habitar ese apartamento era el pasado: el desconocido e inquietante pasado de su madre estaba ahí, moviéndose, queriendo comunicarse.

Todo se encontraba en penumbras. Y el clóset seguía abierto.

(Teoría y práctica de la desesperación)

Magaly Jiménez fue por primera vez a terapia cuando tenía cincuenta años. Nunca antes había sentido que le urgía desesperadamente hablar. Hablar de sí misma, hablar sin tener que ser prudente, sin medirse. Hablar tan sólo hablar y hablar para pedir auxilio. A veces es lo mismo. Jamás había pensado que necesitaba desahogarse de esa manera hasta que una tarde, en su consultorio, ya no pudo más. No supo por qué sucedió exactamente en ese momento, con ese paciente, pero algo de pronto la puso a temblar y comenzó a sentir que ya era demasiado, que no podía, que necesitaba ayuda. De repente, se puso a llorar delante de la boca abierta de un señor de treinta años, ojos saltones y corbata verde. El hombre la miraba sin poder cerrar la boca, con la mandíbula atascada por un pequeño artefacto de hierro. No sabía cómo reaccionar. En algún momento, además, la doctora avergonzada salió de su campo visual y el paciente se quedó sólo con el llanto, zumbando en el aire, alrededor de su cabeza, como húmedos insectos, danzando demasiado cerca de su boca abierta. Magaly había retirado su taburete rodante hacia una esquina del consultorio y ahí, apoyando su cabeza en su brazo derecho y apoyando su brazo derecho en un estante de fórmica, seguía llorando, como si se tratara de algo irremediable, de una herida física, como si no tuviera ya ninguna capacidad de detenerse. Y así fue. No se detuvo. No pudo hacerlo. Ni siquiera cuando entró en el elevador y todos sus ocupantes la miraron sorprendidos. Tampoco cuando se montó en su automóvil, ni cuando sintió que huía por las calles de la ciudad. Quizás, si hubiera estado lloviendo, se hubiera sentido mejor. Pero el sol resplandecía de manera escandalosa. Parecía una brillante yema de huevo colgando del implacable azul del cielo. El calor le hizo sentir que sus ojos en realidad estaban transpirando. El interior de su carro era un sauna. Ni siquiera el aire acondicionado logró combatir con éxito tanta luz, tanta humedad. Cruzó la ciudad rápidamente. Cada vez había menos tráfico, menos automóviles, menos gente. Cada vez había menos dinero y menos refacciones; cada vez —también— había menos motivos para salir a la calle. Pensó que estaba viviendo en una ciudad en proceso de abandono, que cada día eran menos y había menos que compartir, que hasta el horario se había achicado, que la falta de alumbrado público hacía que las noches fueran cada vez más largas y vacías. Eso le produjo todavía más ganas de llorar. Aferró sus manos al volante y hundió su pie en el acelerador. Continuó llorando. Y todavía cuando entró en su apartamento, cuando lanzó su bolso sobre la mesa del comedor, cuando siguió hasta el sofá y se dejó caer en él, un gemido se mantuvo atorado en su garganta, deshilachándose. Un sabor ácido empapaba toda su lengua. Betty se acercó, sorprendida, preocupada, le preguntó si estaba bien, si le pasaba algo. Magaly negó con la cabeza pero no dejó de llorar. Betty fue a buscar un vaso de agua en la cocina y, al volver, le dijo que su marido estaba durmiendo, que había pasado la tarde en calma, que sólo había tosido un poco pero luego había vuelto a dormir. Pensó que tal vez esa angustia era la causa del llanto.

Betty era la mujer que venía dos veces a la semana a trabajar en la casa, hacía limpieza general, lavaba y planchaba la ropa. Llevaba años cumpliendo esa jornada. Ella conocía mejor que nadie a la familia y al apartamento. Con el paso de los años, había visto y vivido el progresivo deterioro de la salud de Roberto, la ida de Sebastián al exterior, el lento pero contundente desgaste de Magaly. Era natural que estuviera en ese estado. Desde hacía meses, su esposo había entrado en un proceso clínico sin salida. Era un diabético en la ruta final. Su destino era una crisis, un coma, un paro respiratorio, un infarto de corazón. Su cuerpo no tenía otras opciones. La precaria situación en los servicios clínicos y la escasez de medicinas hacían que además todo fuera aún más complicado. Era más fácil conseguir cocaína que insulina. Mantener vivo a un enfermo formaba parte de una nueva épica cotidiana. Magaly temía que, en cualquier momento, pasara algo que ella no pudiese controlar. Cualquier incidente menor podía, de pronto, convertirse en una catástrofe. A veces se despertaba sobresaltada, en medio de la madrugada. Se quedaba inmóvil un rato, esperaba que el sonido de sirenas policiales o de disparos cesara o se alejara para poder, entonces, escuchar el ritmo cansado de la respiración de su marido.

Se bebió el vaso de agua de un solo golpe y, justo en ese instante, comprendió que ya no podía sola, que necesitaba ayuda.

—No sabía que mi madre iba a terapia. Nunca me lo dijo.

—Quizás le dio pena —Elisa estaba terminando de guardar con cuidado su trípode en un bolso—. O quizás no quería que te preocuparas por ella —agregó.

Al agacharse junto al bolso, el final de su espalda quedó al descubierto: la primera curva de las nalgas y la línea delgada de la ropa interior azul produjeron en Sebastián un fugaz vértigo. Elisa volvió a incorporarse y, al voltear el rostro, distinguió de inmediato la firma del deseo en su mirada. Sonrió.

—¿Por qué sonríes?

—Por nada —respondió ella, ampliando todavía más su sonrisa.

Y tomó el bolso y se lo colgó del hombro y dijo me voy pero con cara de no irse. Su rostro de pronto parecía otro, raptado por un ánimo distinto, más sabio pero también más animal, más malicioso y más feroz. Sebastián se puso de pie y, guiados por un duelo de sus miradas, comenzaron a acercarse cada vez más. Se dejaron llevar, como si los cuerpos se dirigieran solos, como si los ojos supieran qué estaban haciendo, a dónde querían llegar. Pasaron el resto de la tarde cogiendo sobre la cama de su madre. Sebastián se sorprendió de la experiencia y de la libertad que Elisa tenía en la cama. Por momentos, incluso, ella era quien tenía la iniciativa y guiaba los cambios de posición y de ritmo. Lo besó, lo lamió y lo tocó en lugares y de manera en que jamás lo había hecho ninguna otra mujer. Actuaba con una espontaneidad y un placer hasta ahora desconocidos para Sebastián. Cuando por fin quedaron en reposo, tendidos y extenuados, él resolló sonoramente, con admiración.

—¡Carajo! —exclamó—. ¡Qué maravilla!

No tenía otras palabras. No encontró más. Parecía un niño iluminado.

Ella sonrió, dio media vuelta y se quedó mirándolo. Le hizo un cariño en el cabello. Sebastián esperaba un comentario más o menos recíproco. Era una fórmula tácita de cortesía post coito. Pero Elisa permaneció en silencio. Él aguardó varios segundos y después ya no pudo aguantarse.

—¿Tú no vas a decir nada?

Elisa casi soltó una carcajada, dijo que la había pasado muy bien, pero sin más adjetivos, y luego volvió a girar todo su cuerpo hasta quedar boca arriba. Sebastián estiró su mano y tomó la mano de ella. La apretó con delicadeza. Pasaron unos instantes sin hablar.

—¿Tienes novia o estás saliendo con alguien?

—No —contestó Sebastián, desdoblando media sonrisa.

—Yo sí —dijo Elisa, sin dramatismo, sin esperar reacciones.

Sebastián, perplejo, incorporó medio cuerpo, cruzó el brazo y apoyó la cabeza en su mano. No pudo evitar mirarla de manera inquisitiva.

—Mi novio lo sabe —aclaró ante el evidente desconcierto de Sebastián.

—¿Sabe qué?

—Es un trato. Él sabe que tú me gustas. Se lo dije desde el día que te conocí —dijo Elisa con naturalidad mientras se levantaba—. Voy al baño un segundo.

Sebastián la siguió con la mirada hasta que ella se detuvo bajo el dintel de la puerta, como si de pronto recordara algo. Se volteó, volvió a sonreír.

—Y también le voy a contar esto, por supuesto —añadió. Dudó un segundo y antes de entrar, volvió a sonreír y aclaró—. Nosotros no tenemos rollo con esto.

A Elisa no le gustaba hablar del poliamor. Le parecía un término un tanto blandengue, casi formal, sentimentalmente correcto. Además, sentía que no servía para definir con suficiente precisión el pacto que tenían ella y su novio. El amor no era el tema. No se trataba de repartir o democratizar los afectos. El acuerdo mutuo tenía que ver en realidad con el sexo.

—Algunos hablan de multifluido, aunque a mí tampoco me gusta demasiado ese término.

Pero, en todo caso, era una palabra que claramente dejaba por fuera el tema afectivo, la dinámica sentimental. Eso se acercaba más a lo que Elisa y su novio entendían como el ejercicio pleno de la sexualidad y de la libertad como pareja. Llevaban año y medio juntos. No vivían en el mismo lugar, aunque a veces ella se quedaba a dormir en su apartamento. Obviamente estaban enamorados pero esa relación no tenía el condicionante de la exclusividad. Ambos podían tener encuentros sexuales, de diversa índole, con otras personas. Incluso, en más de alguna oportunidad, habían incorporado a alguna de esas otras parejas ocasionales a una relación sexual entre ellos dos.

—¿Hacen tríos? —Sebastián hizo lo imposible por sonar natural, como si todo eso le resultara de una normalidad casi aburrida.

—No los llamamos de esa manera. Ese lenguaje ya no sirve, forma parte de una etapa anterior —explicó Elisa, mientras terminaba de vestirse.

Sebastián asintió, siempre tratando de aparentar que la conversación le parecía súper habitual. No se atrevió a preguntar por ellos dos, por el futuro inmediato, por cualquier cosa que pudiera significar algo más que ese rato sobre la cama de su madre.

—¿Ya te vas? —fue lo único que se le ocurrió articular cuando la vio vestida, con su bolsa al hombro.

Elisa sonrió y le dijo nos vemos mañana, o algo así, una frase cómoda, utilitaria, que no escondía nada especial.

Se veía feliz, despreocupada. Se despidió con un beso en la mejilla.

En el fondo, Sebastián no sabía mucho de ella. Según ella misma refería, Elisa había estudiado en la universidad, en la Escuela de Artes, mención audiovisual. Sólo le faltaba la tesis de grado y su plan inicial era que fuera una película. Llevaba tiempo, casi desde el séptimo semestre, trabajando en un guion basado en un cuento de Raymond Carver que un amigo que estudiaba en la Escuela de Letras le había leído una vez durante una madrugada. Pero su tutor la cuestionó, le preguntó por qué buscaba una relato extranjero teniendo a su alrededor tantas posibles historias que contar. Su tutor le habló del país, de la crisis, de la violencia, de los estudiantes que estaban presos, ¿acaso nada de eso la interpelaba, la motivaba?, ¿acaso nada de eso merecía ser contado? Pero a Elisa no le interesaba la política. No iba a las marchas, tampoco estaba al tanto de las noticias, no participaba en las discusiones. Yo quiero evadirme, decía con frecuencia, medio en broma y medio en serio. A mí no me interesa la realidad, repetía, siempre en ese tono incierto que le permitía sobrevivir a la permanente tensión cotidiana. Su tutor consideraba que esa ambigüedad, ese medio en broma y medio en serio, era un fracaso de la universidad. Si quieres hacer una película, le dijo, sobre un hombre y una mujer que escuchan repicar un teléfono en la madrugada y sólo se les ocurre hablar de sí mismos, de su relación, entonces nosotros hemos fallado, no supimos —añadió— enseñarte la angustia vital del arte, la sensibilidad que debe tener todo creador ante las tragedias de su tiempo.

Elisa intentó escribir una historia rebelde. Lo intentó muchas veces y de muy distintas formas: nunca le salió bien. Ni siquiera cuando se aferró a un caso real y trató de pensar en un cortometraje basado en una mujer a la que habían detenido por escribir un mensaje contra el Alto Mando en una red social. La mujer estaba presa en una cárcel de máxima seguridad desde hacía meses. Elisa se reunió con su familia, entrevistó a un par de amigos, investigó todo sobre el caso. Pero, aun así, no pudo, algo fallaba. Y el tutor se daba cuenta. Forzar el entusiasmo creativo era un ejercicio inútil. Los resultados eran precarios, estaban contaminados por la obligación y no por la locura de la imaginación. A Elisa no le interesaba ninguna épica frente al poder. Nada de eso la movía por dentro. El tutor la citó un martes en la universidad. Elisa intuyó que se quedaría sin su apoyo, que amablemente y con alguna excusa inventada, le diría que tenía que renunciar, que ella debía buscar otro tutor. Esa noche soñó con un venado que saltaba sobre una mesa de billar.

En la mañana no pudo tomar el metro. Estaba cerrado. Un empleado le explicó que una mujer se había lanzado en las vías. Es una mierda, dijo el hombre. Es la segunda en estos tres meses. Elisa no dejó hablar a su tutor. Llegó diciendo que ya tenía tema, que lo había pensado bien, que ahora sí, que le diera una oportunidad, que ya había encontrado algo, que estaba segura, que sí había un punto de la realidad que la tocaba muy hondamente: las mujeres suicidas.

Magaly no quiso que su terapeuta fuera un hombre. Una amiga le había recomendado a Tomás Arriaga pero ella dijo que no.

—Quiero que sea una mujer.

—¿Y eso por qué?

Magaly no lo sabía bien, no tenía grandes argumentos para esgrimir. Sólo la intuición.

—Me voy a sentir más cómoda si es una mujer.

Terminó sentada, un jueves a las seis de la tarde, frente a Alejandra Matos. Era una mujer más o menos de su misma edad. Eso también le agradó. Su rostro era inescrutable y tenía un cuerpo muy delgado. No usaba pintura de labios. Tampoco pulseras ni anillos. En su consultorio había dos sillones y un sofá. Alejandra le dijo que, si lo deseaba, podía acostarse en el diván. Magaly prefirió quedarse sentada. Y habló. Le contó todo el proceso de la enfermedad de su marido, el viaje de Sebastián al extranjero, la tensión contenida, el miedo a que cada día y cada noche pudiera ocurrir lo peor, los nervios y la desesperación, las colas, las protestas, los grupos armados en la calles... Le contó de sus ganas de llorar, a toda hora, todo el tiempo. Relató también el caso concreto que la había llevado hasta ahí, aquel paciente con corbata verde frente al que de pronto ya no pudo contener su llanto. Alejandra la escuchó y miró con atención, de vez en cuando anotaba unas palabras en su libreta, siempre fueron pocas palabras, Magaly lo calculó mirando de reojo el movimiento de la mano. Cuando hizo una pausa, Alejandra preguntó por qué había estudiado odontología, de dónde creía ella que venía esa vocación.

Después de varias semanas hablando de su infancia, de su adolescencia, del novio que tuvo en la facultad antes de conocer a Roberto, de su matrimonio con Roberto, de Roberto y la diabetes... Magaly le dijo que ella necesitaba algo más práctico. Ya se sentía un poco más en confianza, quiso ser honesta y directa. Fue al final de una sesión, justo antes de pagar. Magaly le aclaró que ella entendía el proceso, ya le habían advertido que sería así, que sabía que no había soluciones mágicas, que era necesario escarbar en su experiencia para llegar a los verdaderos agujeros de su vida, pero que, mientras su cotidianidad seguía agravándose, cada vez le costaba más ir a su consultorio y atender a los pacientes, cada vez le costaba más estar con su marido en su departamento, cada vez le costaba más estar viva.

—No sé si me explico: necesito una ayuda concreta.

Alejandra sonrió, aunque la miró con un dejo de resignación.

—Algo que me ayude a sentirme mejor —insistió.

—Yo no voy a recetarte píldoras, Magaly.

—Está bien. Eso ya lo hablamos. Pero, ¿no hay otra cosa? Estoy desesperada. Necesito una pequeña dosis de conductismo. ¿No puedes darme un truco, un consejo, lo que sea?

La terapeuta permaneció unos segundos en silencio.

—La lectura —dijo al fin—. ¿Por qué no te metes en un club de lectura?

(Vestidos y faldas)

A Sebastián le sorprendía que Betty todavía lo tratara de usted. ¿Qué edad tendría? Tal vez cuarenta. Era morena, flaca, tenía los músculos firmes, una sonrisa pícara y la mirada brillante. Se conocían desde hacía tantos años y, sin embargo, Sebastián seguía siendo un "usted" para ella. Cuando empezó a trabajar en el apartamento, él era un adolescente tímido y torpe. Más de una vez se escondió en el cuarto de servicio para poder espiarla. Se ocultaba detrás de una cortina de plástico, junto a unos tubos y la mesa de planchar. Agazapado, esperaba a que Betty llegara y la veía cambiarse de ropa. Esos breves segundos, la fugacidad de esa visión fragmentada de esa mujer en pantaletas y sostén, le producían una fascinación magnífica, una excitación especial. No sabía aún muy bien qué era coger, cómo sería, cómo se hacía, pero la visión de Betty medio desnuda era un anticipo delicioso. El deseo —su naturaleza, su poder— alcanzaba su mejor forma en ese instante, en la posibilidad de verla y no saber qué hacer; en la brutal maravilla de quedar paralizado frente a ella. Esa fue su primera idea de éxtasis.

Una tarde intentó ir más allá. No había nadie en la casa. Sus padres estaban trabajando. Esperó a que fuera la hora de salida de Betty y fraguó una fantasía de película porno. La escena proponía que él se estaba bañando y que, ya estando debajo de la regadera, de pronto descubría que no tenía jabón, y que entonces desnudo y mojado, tan sólo con una toalla anudada en la cintura, entraba de improviso en el cuarto de servicio, justo en el momento en que Betty había dejado su ropa de trabajo en un estante y se disponía a calzarse un pantalón y una blusa para salir a la calle. Siguió su libreto secuencia a secuencia y, al encontrarse frente a ella, fingió la sorpresa lo mejor que pudo, farfulló atropelladamente sus parlamentos, explicando un poco la situación, y después, sin mediar más trámites, puso su mano derecha en la nalga izquierda de la empleada. Betty pasó de la sorpresa al rechazo con una naturalidad imbatible. Sonrió, separó la mano de Sebastián de su cuerpo, tomó de una repisa una pastilla de jabón nueva y se la entregó. Sólo en ese instante, esa única vez, lo tuteó. No hagas pendejadas, muchachito, le dijo. Sebastián se sintió ridículo, le dio pudor estar tan desnudo frente a ella. Salió apremiado y cabizbajo. Betty jamás mencionó el incidente. Jamás, tampoco, volvió a tutearlo. Ni siquiera cuando lloró, cuando hablaron de la muerte de Magaly. Ni siquiera frente a Elisa y su cámara, cuando le pidió que se sentara y contara con toda confianza lo que recordaba de su madre.

Así hablaba Betty: ella se mató por la pura tristeza, yo que se lo digo. Ella hizo todo lo que pudo pero no pudo con eso; así pasa, porque a veces una lucha y quiere y dice y se pone terca, pero la tristeza también, ¿sabe?, la tristeza se aferra y no quiere y se pone terca, la sola tristeza que a veces no se sale con nada. Se queda dentro y se va desperdigando por todo el cuerpo hasta que una se vuelva eso, nada más que eso, purita tristeza. Así pasó con ella. Nunca superó lo del señor, nunca logró superarlo, y vivía enchumbada en ese dolor, chupando de eso, viviendo con eso, todo el tiempo. Yo me "arrecuerdo" que una mañana cuando llegué me la encontré sentada ahí, en el sofá. Era tempranito y ella no había dormido, eso se veía, se le notaba, pues. Estaba desnuda, completamente desnuda, y como ida, como en otra parte, pues, con la mirada medio perdida, yo creo que ni siquiera me oyó, o si me oyó no se dio de cuenta que yo estaba llegando. Quién sabe cuánto tiempo llevaría ahí sentada, con la mente en otro lado, quién sabe dónde pero en otro lado, eso es seguro. No sé cuántas horas llevaba así, pero era evidente que había pasado la noche ahí, que no se había acostado, pues, que no había dormido. Tenía un plato al lado, ahí, también sentado en el sofá, un plato vacío y un vaso. Yo me asusté, de inmediato se me vino a la memoria una historia de una tía mía, la tía Carmen, ella siempre contaba cuentos raros o de gente rara, cosas que según decía pasaban o habían pasado allá en el pueblo, en el caserío de donde somos nosotros, pues. La tía Carmen siempre decía que no había que tocar a los alumbrados, usted sabe, los alumbrados son esos que de pronto entran en un trance o algo así, que se quedan pegados del sueño o que de repente se ponen como paralizados, con los ojos abiertos, muy abiertos, como si tuvieran una electricidad rara por dentro. Es peligroso tocar a los alumbrados, decía mi tía, y echaba el cuento de una tal Tibisay que una noche salió gritando de su casa y se puso a correr como loca, y nadie entendía nada, nadie entendía lo que decía, nadie sabía qué había pasado. Los hombres se metieron dentro de su casa, revisaron todo, todo todito, hasta debajo de la tierra, pues, y nada, nada de nada, nunca se supo qué pasó esa noche, qué fue lo que vio o escuchó Tibisay. Pero a partir de ese momento, ella quedó alumbrada, ya nunca fue la misma. Se le quedó esa corriente adentro. Y miraba a todos lados, como si estuviera llena de chispas, como si trajera unos relámpagos amarrados debajo de la piel. Y a veces hasta hablaba sola, pero hablaba de verdad, no era que iba diciendo cosas; hablaba, hablaba con ella misma como si estuviera conversando con otra persona, pues. Una vez la tocaron. Ella iba por una calle y un primo suyo la llamó y ella no hizo caso y el primo entonces fue a agarrarla por un brazo: más vale que no, carajo. Esa mujer se convirtió en un animal, en un diablo, en algo espantoso; mi tía decía que los ojos se le pusieron colorados, que hasta echaba espuma por la boca, que le salía agua caliente por los oídos, que nadie sabe de dónde pero que de pronto sacó una fuerza espectacular y le dio tremendo revolcón al primo, lo alzó por los aires y luego lo echó en el suelo y después siguió su camino, como si nada. Desde ese día, nunca más nadie se metió con Tibisay. Nadie la tocó. Ni se le cruzaban por delante cuando ella iba caminando y hablando sola por las calles, pues. Yo recordé ese cuento, como le digo, y me dije: no, no, no, yo no me voy a acercar a la señora, ni tampoco la voy a tocar, capaz de que está alumbrada. Y así fue que me quedé ahí parada, casi en la puerta, y le empecé a hablar, pero bajito, casi como susurrado, con cuidado. Señora Magaly, le dije. Buenos días, señora Magaly, le dije. Señora Magaly: soy Betty. ¿Señora Magaly? No. No me respondió nada. Es más: ni siquiera volteó a verme. Y entonces yo me fui a la cocina, me puse a hacer café, estaba nerviosa, no sabía qué podía hacer, y en eso oí un ruido aquí en la sala, no es que se hubiera caído algo, no, fue un ruido como de movimiento, y me vine hasta acá, ahí mismo me paré, y vi como su mamá se había levantado y se iba caminando hasta su cuarto. Y se encerró y se quedó dormida un poco de horas, al mediodía cuando se despertó estaba normalita y me saludó como si no hubiera pasado nada, como si no me hubiera visto antes: hola, Betty, me dijo, ¿qué más?, ¿cómo está todo?, y me preguntó por mis hijos y me pidió café y me preguntó si había comido porque ella estaba muerta de hambre, así no más, así mismito me dijo, y de lo demás: ¡nada! Esa fue la primera vez que yo me preocupé, ahí por primera vez yo me puse a pensar que a su mamá se le estaba subiendo la tristeza a la cabeza, que su mamá podía terminar mal.

A pesar de esa experiencia, sin embargo, Betty jamás imaginó que el desenlace sería el suicidio. Aunque su memoria sentimental estaba llena de anécdotas difíciles o estampas melancólicas, ninguna lograba establecer una relación más o menos causal con el naufragio dentro de la tina. No recordaba ningún indicio, ninguna mención a esa posibilidad. Betty había creído que la tristeza podía llevar a Magaly a la locura pero no a la muerte. Y tal vez hubiera sido más amable encontrar un motivo más combustible y descontrolado, poder deducir que un delirio era la razón por la que Magaly Jiménez se había quitado la vida. Pero las evidencias no ayudaban. Sebastián había encontrado que, por el contrario, su madre había dejado todo en un irritante orden. En una carpeta en su escritorio estaba su testamento perfectamente actualizado, junto a los papeles de todas las propiedades, los números de las cuentas bancarias, los datos financieros. No faltaba nada. No se debía nada. Era obvio que su madre no había improvisado su muerte.

Elisa preguntó sobre su relación con Roberto. ¿Alguna vez los escuchó discutir? ¿Cómo era su relación? ¿Peleaban? Betty miró a Sebastián antes de responder, como si esperara que él la autorizara a hablar. Luego, más vacilante, sólo dijo que en algunas ocasiones discutían, que con el tratamiento clínico el señor Roberto se ponía de mal humor, que gritaba y que a veces decía cosas horribles. Pero que tanto la señora Magaly como ella sabían que no era algo personal, que era culpa de la medicina.

—¿Y el club de lectura? —preguntó Sebastián.

Betty no pudo contener la carcajada.

—¡Yo creo que eso era lo único que divertía a la señora Magaly! ¡Esas mujeres estaban todas locas! Un día que se reunieron aquí, yo venía de la cocina y las vi de pronto a todas sin camisas, así mismo, todas con las tetas al aire, ¿usted puede creerlo?

Elisa y Sebastián se quedaron hablando hasta tarde. Él le mostró los tres mensajes que había escrito su madre antes de morir. Pusieron sobre la mesa del comedor las tres hojas y leyeron los dos primeros detenidamente, luego trataron de descifrar el tercero. Seguía siendo una faena imposible. Elisa dijo que, al menos para el documental, necesitaban algo más que el testimonio de la señora que trabajaba en su casa y veía a su mamá dos veces por semana. Eso era muy poco. ¿Qué pasaba los demás días? ¿Dónde estaba Magaly? ¿Qué hacía? ¿A quién veía? Tu madre vivía sola, le dijo. Estaba sola aquí, casi todo el tiempo. Así es muy difícil. No tenemos ninguna información sobre ella. Sebastián entonces le contó sobre la sensación que tenía desde que había regresado a ese apartamento, la certeza inasible de que el pasado de su madre estaba todavía en ese lugar. Elisa lo escucho sin interrumpir, sin hacer ningún comentario. ¿Te parece estúpido?, preguntó él al final ¿O te parece muy esotérico? ¿O muy delirante?

Elisa entonces le contó la siguiente historia: hace tres años fui a México. Quería escapar, como todos; quería irme de esta mierda, estaba desesperada, sentía que necesitaba salir, que salir de aquí era como respirar, ¿me entiendes? Sentía que estaba en un pozo, que me ahogaba, que si no salía de aquí me iba a morir. Conseguí por internet un taller de fotografía de mes y medio que daban en Oaxaca. Les escribí a los organizadores, mandé un portafolio con mis fotos, no te creas que era algo importante, unas fotos que tomé una tarde en una manifestación, tú sabes, fotos de gente corriendo, muchachos tirando piedras y luego huyendo, policías y soldados disparando, les mandé varias fotos así, y les dije que no tenía dinero; les consulté si ellos daban becas, que si me podían ayudar. Tardaron como una semana en responder y, mientras tanto, yo me comí hasta las uñas de los pies. Pero al final dijeron que sí, me pagaron el pasaje y la estadía de ese mes y medio que duraba el taller. Mi plan, obviamente, era quedarme más, quedarme para siempre si era posible. Tenía un amigo de la secundaria que estaba viviendo en Guadalajara y una amiga, no tan amiga, compañera de la universidad más bien, que se había ido a vivir a la Ciudad de México. Les escribí a los dos, les conté mi plan, les pregunté qué me recomendaban, si podían ayudarme de alguna manera, etcétera. Edwin me respondió como a los diez días, me dijo que estaba muy complicado, que compartía un apartamento con unos amigos, todos varones, que no tenían papeles y que así era muy difícil conseguir trabajo, que los tipos estaban todos los días metidos en la casa sin hacer nada, quejándose, que no era un buen plan para mí, que… en conclusión: no podía ayudarme de ninguna manera. Pero si pasaba por Guadalajara podíamos vernos, salir, quizás tomarnos unas cervezas y hablar un rato. La amiga no tan amiga, excompañera de estudios más bien, jamás me contestó. De todos modos, cuando me fui para Oaxaca me llevé todo, o casi todo, o lo más posible; me fui como quien se va para siempre, como quien ya no va a volver, no sé si me explico.

La experiencia allá fue alucinante, ¿tú conoces México? ¿Sólo Tijuana? No, ahí no llegué. Pero sí te digo que Oaxaca es alucinante. Y el taller fue todavía mejor, creo que ha sido la mejor experiencia de mi vida. Había gente de todas partes. Muchos de México, por supuesto, pero también había gente de otros países, hasta un tipo de Francia y una muchacha de Finlandia, di tú, ¡Finlandia! Yo jamás pensé que, alguna vez en mi vida, iba a conocer a alguien de Finlandia. La pasé demasiado bien. Aprendí muchísimo. Yo no quería irme, no quería que terminara; quería que el resto de mi vida fuera siempre así: un taller en Oaxaca. Éramos un grupo de doce, muy rápido nos hicimos amigos. Nos las pasábamos todo el tiempo juntos, en las clases, en las prácticas, nos llevaban de aquí para allá, casi siempre comíamos juntos, dormíamos todos en la misma casa, en las noches tomábamos mezcal, fumábamos mariguana, hablábamos, a veces también íbamos a un bar a bailar. Te juro que una noche, lo recuerdo clarito, cuando me fui a dormir, cerré los ojos duro y le pedí a dios que parara el tiempo, que eso no terminara nunca. Si tú existes, coño, le dije, no permitas entonces que yo vuelva a mi país.

Ya sabes por qué sigo siendo atea.

Al final del taller, había que presentar un trabajo. Cada quien tenía que elegir un tema, componer una muestra, con una unidad y todo, hacer las fotos, etcétera. Yo elegí a los muxes ¿Tú has oídos hablar de ellos? Es algo rarísimo, súper interesante. Son como unos travestis pero prehispánicos, que vienen de la antigüedad, y sin ningún rollo. Mira, los indios zapote-cos, allá en Oaxaca, eran tan volados que, mucho antes de que vinieran los españoles, tenían un tercer género. Es toda una cultura milenaria. No hacen drama porque haya hombres afeminados o que quieran vestirse de mujeres. No tienen el mismo rollo de los gays, ¿entiendes? Yo primero tuve que es-tudiar, leí bastante sobre el tema, y luego fui a conocer esas comunidades, a tomarles fotos. Descubrí que hay una cosa im-portante con la autoestima. Los tipos no se sienten tan recha-zados, tan relegados. Los aceptan en las familias, en las escue-las, en todos lados. Ahí no hay clóset, pues. Nadie se tiene que salir del clóset nunca.

No, tampoco así. No todo es un paraíso. Las mujeres no pueden hacer nada. Eso es sólo para hombres. Y los muxes, al convertirse en mujeres o querer ser mujeres, también car-gan con esa consecuencia. También hay conflictos, problemas. Tampoco es que el machismo haya desaparecido. No son suecos, son zapotecos.

Yo trabajé con uno que nació como Jorge pero que luego se convirtió en Estefanía. Era un hombre bello, sus facciones, el color de su piel, tenía los labios delgados, a mí me encantó, me gustó desde la primera vez que lo vi. Tenía una falda que se había hecho él mismo. O mejor: tenía una falda que se había hecho ella misma. Era de tela cruda y llevaba cosido arriba unos detalles en verde, como unas líneas deshilachadas en verde esmeralda, era muy bonita. Ella quería tener un ta-ller de costura, soñaba con eso. En ese tiempo tenía veintisie-te años y estaba soltera, no tenía pareja. Me contó que había sufrido mucho con un hombre de un pueblo cercano que le había prometido dejar a su mujer y a sus hijos pero que, des-pués, nunca se atrevió a hacerlo. Pasamos como cuatro días juntos y nos hicimos muy amigos. Tú sabes, cuando de pronto una siente que conoce a alguien de toda la vida, aunque lo acaba de conocer una siente que lo conoce de siempre, no sé si me explico, ¿nunca te ha pasado eso? Pasa pocas veces en la vida pero pasa. Y a mi me pasó con él.

Con ella.

Me cuesta porque, en el fondo, yo nunca pude dejar de verlo como hombre. Porque aunque fuera mujer a mi me gustaba como hombre. Y eso lo hablamos y todo. En una de las sesiones de fotos, cuando estábamos en su cuarto, yo le pedí que se desnudara. No quiso. Le dio pudor. Cuando insistí, se negó rotundamente. Y luego yo entendí por qué. Porque eso rompía toda la magia delante de mí. El sólo podía ser mujer cuando estaba vestida. Sin la ropa, era un hombre. Estaba desnudo. No desnuda, ¿me entiendes?

Un día te voy a traer las fotos para que la veas. Le encantaba posar. Hay una donde ella lleva esa falda con detalles verde y no lleva puesta camisa, sólo se cubre el pecho como con un rebozo negro. La tomamos en el patio de su casa, al atardecer. El cielo de Oaxaca es espectacular, parece como si hubiera una llanura azul allá arriba, pegada del techo del universo. La foto quedó buenísima. La última noche que pasé allá, me quedé a dormir en su casa. Yo estaba nerviosa. Creo que quería tener algo con ella. Estaba excitada. Tomamos mezcal y terminamos besándonos. En un momento yo traté de meterle mano, de agarrarlo, pero él no quiso, me paró. Tampoco ella me tocó, ni lo intentó. ¿Te fijas cómo estoy hablando? A veces digo él, a veces digo ella. Pero nos dimos unos besos muy sabrosos. Fue muy rico. En la madrugada, antes de quedarnos dormidos, fue a un armario y me trajo su falda, la falda que te digo, la que tenía detalles verde esmeralda. Me la regaló. Me dijo que quería que me la llevara, que era mía. Del tiro, a mí se me aguaron los ojos, me emocioné toda, no sabía qué decir. Nos quedamos un rato en la cama, medio abrazados. Y ella entonces me habló de su abuela, me contó que su abuela era una india zapoteca, que vivía en Santa María de Temaxcalapa, mira lo difícil que es y nunca se me olvidó ese nombre, se me quedó pegado en la memoria, así, de una, con todas sus letras. Cuando era niño, a veces lo mandaban a esa comunidad, a estar un tiempo con su abuela. Me dijo que quedaba en la sierra norte del estado, yo no tenía ni idea dónde era eso. Pero no es lo importante. Lo importante es que la vieja le enseñó muchas cosas, su abuela fue esencial en su vida. Ella le decía que la memoria está en la ropa. Que los vestidos hablan, que las faldas tienen voz. Por eso me estaba regalando esa falda. Para que no me olvidara nunca de él. Para que pudiera recordar su vida y escucharlo siempre, ¿no te parece bonito?

No la tengo. Esa es la parte triste del cuento. Tristísima. Claro que no la perdí, ¿cómo se te ocurre? Lo que me pasó con ese vestido después fue una mierda. Cuando tú entras a México como turista, el funcionario de migración te sella el pasaporte y te da un papel y te dice que no lo pierdas, que te lo van a pedir cuando vayas a salir del país. Bueno. Yo no sé dónde lo deje, dónde lo puse, qué pasó con ese maldito papel. Total que llegué al aeropuerto directo desde Oaxaca, triste porque no quería irme, mal porque no quería regresar a mi país, pero ni modo, ya estaba resignada. Intenté quedarme pero fue imposible. No tenía cómo, no tenía con quién, se me había acabado toda la plata. Así que metí por equipaje dos maletas y me fui directo a la sala de conexiones con mi mochila, mi cámara, y la falda de Estefanía en una percha, como si fuera un traje de diseñador, un vestido de marca. Hice mi fila, llegué hasta el puesto de migración y entonces el funcionario va y me pide el papel. Yo ni me acordaba. ¿Qué papel?, pregunté. Y él dijo: el formulario de salida, señorita. Y yo dije: ¿qué formulario? Y él: el que le dieron cuando entró al país, señorita. Y yo entonces me acordé y dije ¡ay, coño!, y me puse a buscarlo. Yo pensaba que tampoco era tan grave. Pero sí. No lo encontré y el funcionario me dijo que si era así no iba a poder salir. Pero que tampoco podía ir a ningún otro lado. Que lo único que podía hacer era ir a no sé qué oficina y pagar una multa de no se cuántos pesos, y volver con ese nuevo formulario para que él me sellara el pasaporte y darme paso hacia la sala de embarque. No sé si me explico. Está bien. Bueno, yo primero me molesté, intenté protestar, pero luego casi me puse a temblar. Me asusté, me sentí pésimo. No tenía nada. Ni una moneda partida por la mitad. Nada de nada. Ya me había gastado todo, todo lo de las tarjetas, todo el efectivo, todo. Como lo que me quedaba era montarme en el avión, pues, no guardé ningún billete. ¿Para qué? ¿Me entiendes?

No sabía qué hacer. Y miraba un reloj grandote que estaba colgado del techo. Miraba cómo pasaban los minutos y pensaba que el avión se iba a ir y que yo me iba a quedar en ese aeropuerto, sin maletas, sin dinero, sin papeles, sin nada. Ahí descubrí lo jodido que es ser pobre, lo jodido que es tener que pedirle dinero a los demás. Yo me paré en una esquina, con mi mochila, con mi cámara y con mi falda en su percha de viaje. Y empecé a mirar a la gente pasar. Y empecé a pensar: ¿A quién le caigo? ¿A quién es mejor pedirle dinero? ¿A un hombre o una mujer? ¿Quién, de todos los que están pasando, puede creerme, puede conmoverse y darme algo? ¿Quién realmente está dispuesto a darme algo? ¿Tú te has puesto alguna vez en eso? Piénsalo un segundo, imagínate la situación, estás ahí y no tienes de otra, tienes que pedirle a alguien plata. Es muy duro, muy raro, es muy ni sé. Es como ser mendigo por un rato. Parece fácil pero yo no sabía cómo hacerlo, cómo pedir. Pensaba que me iba a morir de vergüenza, que no me iban a salir las palabras. Lo intenté con una pareja de señores más o menos mayores, que parecían profesores universitarios, pero los dos, sin decir nada, miraron para otro lado y se pusieron a caminar más rápido. Un muchacho que viajaba con una guitarra me dijo que lo sentía, que tampoco tenía plata. Y el reloj grandote seguía ahí, dándole a los minutos. Te juro que no es sencillo. Uno tiende a pensar que la gente es buena, pero eso no tiene por qué ser verdad. ¿Sabes quién me ayudó? Otro empleado del aeropuerto. Uno que trabajaba ahí. Pero no fue gratis. Nada es gratis en esta mierda de mundo. Me dijo que hiciéramos un negocio. Que él me daba los pesos pero que yo, a cambio, le daba la falda de Estefanía. Yo me quería morir. Le dije no. Y él dijo que estaba bien, que entonces no me daba la plata. Yo le eché todo el cuento, le hablé de Oaxaca, de Jorge, de la vida y de la muerte, le dije que por favor no me pidiera eso, que cualquier otra cosa, que lo que fuera, que yo estaba dispuesta a todo. A todo, ¿me entiendes? Pero el tipo sólo quería la falda. Se encariñó con ella. Le dio por ahí. Y yo seguía viendo pasar los minutos. Y me ponía cada vez más nerviosa. Traté de pedirle a otras personas y nada. Me sentía tan impotente, quería morirme. Hasta que me jodí. No pude hacer otra cosa. No sabía qué podía pasar si perdía el avión y no tenía otra alternativa, ¿me entiendes?

Me tocó el asiento 17 B. Lo recuerdo perfectamente. Pasé las cinco horas del vuelo con un dolor aquí. La boca me sabía mal. Como si tuviera moho dentro de la boca. Viajé abrazada a mi mochila. Pensando en Oaxaca, en Jorge y en su abuela, en la falda y en el verde esmeralda. Llorando como perra.

Sebastián y Elisa abrieron el clóset. Ahí estaban, formados y colgando, todos los vestidos y las faldas de Magaly Jiménez. Una memoria vertical y flexible. Dieron tres pasos hacia atrás y se sentaron en la cama. Como si estuvieran sentados en la banca de un museo ante un cuadro de grandes dimensiones. Ahí se quedaron. Mirando. Como esperando que pasara algo.

(Las dementes)

La única pista real que podían seguir era el club. Betty les proporcionó unos nombres sin apellidos y una par de anécdotas un poco desconcertantes, pero nada más. Sebastián recurrió a su correo electrónico y revisó con Elisa toda la correspondencia que tuvo con su madre. Eran casi tres años de e-mails bastante anodinos, sin grandes confesiones; a veces su madre dejaba colar su cansancio ante los padecimientos de su padre pero, en general, sus misivas se centraban en relatar eventos de la vida cotidiana y de las miserias de la ciudad. Las respuestas de Sebastián casi siempre eran iguales: poca información sumada a fórmulas clásicas de cariño fraternal. En un correo escrito en el mes de junio Magaly contó que estaba pensando meterse en un club. Sebastián no recordaba nada pero, en ese momento, su madre le decía que, gracias a Anahí Rosales, una paciente que conocía desde hace años, había entrado en contacto con un club de lectura y estaba pensando ingresar en él. Al menos para probar, escribió su madre. Para hacer algo diferente. Para oxigenarme. Esos eran sus motivos. Siento que necesito hacer otras cosas, Sebas. Necesito cambiar.

No fue difícil conseguir la dirección. Una llamada a la secretaria del consultorio fue suficiente. Anahí Rosales vivía en el piso 2 de un edificio más bien pequeño, de cuatro pisos y con balcones enrejados. Todo un tramo de la pared de la fachada tenía la pintura descascarada. Ya no era blanca sino gris. La ciudad se estaba derrumbando en cámara lenta, poco a poco. En algunos lugares apenas comenzaba a caerse el barniz o el esmalte, pero había otras zonas donde todo era más grave: puentes caídos, grietas en las calles, tuberías rotas, incluso en algunos barrios, hacia el sur, todo el alumbrado eléctrico se había venido abajo. La devastación parecía tener un libreto. La ciudad día a día se desplomaba con puntual rigurosidad, como si siguiera un programa de gobierno. Destruir también requiere un método.

La puerta principal estaba desvencijada. El elevador se encontraba fuera de servicio. Permanecía abierto y vacío, como una pecera abandonada, en el piso 1. Lo vieron cuando subían por las escaleras.

Anahí Rosales llevaba puesto un vestido viejo y unas chancletas de plástico. No se había teñido el cabello desde hacía un tiempo, los brotes de pelo blanco comenzaban a avanzar desordenadamente en medio de una cabellera que alguna vez había sido castaña. Se mostró de inmediato impaciente.

—Supongo que usted sabe que mi madre murió —dijo Sebastián, cuando ya estuvieron sentados en la pequeña sala.

Dentro del apartamento, también todo parecía haber envejecido prematuramente. Incluso los cuadros que colgaban con descuido en la pared. Sebastián había experimentado esa misma sensación en otros lugares, en la casa de su tía, en el propio apartamento de su madre, en los locales comerciales, incluso en las calles, al aire libre. Era como si el paisaje estuviera cansado.

Antes de llegar a Teresa, tuvieron que escuchar muchas otras cosas más. Anahí quería hablar, tenía demasiados puntos pendientes para una conversación, así fuera para una conversación con extraños. Primero: desde hacía veinte meses estaba desempleada, la empresa para la que trabajaba se había declarado en quiebra y había cerrado, no les pagaron ni siquiera una liquidación doble, fue una mierda. Segundo: su marido había entrado en crisis y la había abandonado, se volvió como loco, el muy hijo de puta terminó metiéndose de *hippie* y yéndose a sembrar zanahorias en no sé qué montaña. Tercero: sus dos hijos se habían ido al exterior, uno está en el sur trabajando en una pescadería, el otro maneja un autobús en Canadá, a veces me manda cincuenta dólares, gracias a eso puedo medio vivir. Cuarto: el edificio. Es un desastre, nadie puede pagar las cuotas de mantenimiento, ¿ya vieron cómo está el ascensor?, pues así está todo, ponen el agua una vez al día, media hora en la noche, a veces pasamos hasta seis horas seguidas sin luz. Cinco…

—Nosotros no tenemos mucho tiempo —Elisa, algo desesperada, terminó interrumpiendo la suma de calamidades—. Disculpe.

Sebastián retomó ese impulso y le explicó que estaba tratando de ordenar las cosas de su madre, le habló del club de lectura, le contó del correo y de cómo su madre la había mencionado en relación con el tema. La expresión de la cara de Anahí cambió de inmediato. También su cuerpo, en la silla, tomó otra posición.

—¿Para qué quieren saber de eso? —preguntó, en actitud defensiva.

Sebastián y Elisa se miraron.

—No entiendo, ¿hay algún problema?

—No —dijo la mujer—, sólo que es un tema que no me agrada —hizo una pausa y luego los miró alternativamente—.

Yo nunca formé parte de ese club. Quien estaba ahí era mi hermana. Hace tiempo, tu mamá una vez me dijo que quería meterse en una cosa de esas, yo la puse en contacto con Teresa pero hasta ahí. En ese entonces yo no sabía nada. Si no, nunca se lo hubiera recomendado.

Sebastián y Elisa volvieron a mirarse, cada vez más intrigados.

—¿Por qué? —preguntó alguno de los dos.

Anahí no parecía demasiado feliz al hablar sobre Teresa. Aclaró que era su hermana menor, que se llevaban más de una década de distancia, que no había tanto en común entre ambas, que en esos momentos no sabía nada de ella. De hecho, hablaba como si Teresa ya no estuviera presente, como si sólo existiera en el pasado.

—Siempre fue una mujer rara —dijo.

—¿Rara en qué sentido?

—Ella era muy intensa —lo repitió en dos ocasiones. Luego aclaró—: Desde chiquita. Muy impulsiva —insistió.

Luego bajó la voz, como si dentro de su propio apartamento alguien pudiera escucharla, y empezó a hablar como si contara un secreto. Teresa tenía treinta y cinco años y había sido profesora en la facultad de arquitectura de la universidad. Hacía unos años había acompañado a sus estudiantes en una manifestación y, en medio del revuelo, tratando de defender a una alumna a la que unos soldados estaban golpeando, la habían atrapado.

—¡Se la llevaron así! —exclamó, siempre en voz baja, chasqueando los dedos—. Las imágenes salieron por televisión. La subieron en una moto, la pusieron entre dos soldados y se la llevaron. Todos en la familia estábamos aterrados.

Teresa no tenía novio, vivía sola en un pequeño apartamento, era una mujer tranquila, muy dedicada a su trabajo académico. Coqueteaba con el vegetarianismo, sólo comía pescados blancos, cuando se conseguían, o verduras. Le gustaba practicar yoga. Durante días no supieron nada de ella. Parecía que se hubiera evaporado. Pero estaban las imágenes de la televisión. Ese era su único rastro. Lo siguieron en vano, no pudieron hallarla. Nadie les daba información concreta. En todos los organismos oficiales que visitaron, encontraron respuestas evasivas, ambiguas. Después de hablar con distintos funcionarios, al parecer, Teresa no estaba en ningún lado. Todas las pistas siempre terminaban en el mismo silencio ambiguo, confuso.

—Era como si se la hubieran robado.

La falta de información era aún peor que una mala noticia.

Una semana después, gracias a un grupo de abogados voluntarios que se habían organizado para tratar de ayudar a los detenidos y a sus familias, supieron que Teresa estaba siendo investigada por los servicios de inteligencia del Alto Mando, que se encontraba recluida en una cárcel especial, dentro de un destacamento militar. Pasó seis meses ahí, encerrada. Nunca le imputaron ningún cargo. Sólo les permitieron verla en dos ocasiones.

—Daba tristeza. Estaba flaca, pálida, sucia. Como si no se hubiera bañado en años. Decía que estaba bien pero su cuerpo decía otra cosa. Su cuerpo suplicaba que la sacaran de ahí.

Gracias a un primo que tenía un contacto en el ejército, pudieron pagarle a un abogado que trabajaba dentro del mismo sistema. Así lograron que a Teresa le dieran libertad condicional. Pudo salir pero, desde ese entonces, estuvo sometida a un régimen de presentación. Cada semana debía comparecer ante un tribunal y firmar un papel. No sólo tenía prohibido salir del país, tampoco podía hacer declaraciones a la prensa, escribir mensajes en las redes sociales, tener algún tipo de presencia o de figuración pública. Le dijeron que la iban a estar vigilando.

—Salió convertida en otra persona. Yo no sé qué pasó allá adentro, nunca quiso contarnos. Pero, después de esa experiencia, ya no volvió a ser la de antes, nunca más fue la misma.

Ni siquiera regresó a la facultad. Dejó de dar clases y se puso a trabajar con asesorías y a desarrollar proyectos para estudios privados. Teresa comenzó a convertirse en un misterio que nadie lograba desentrañar. Pasaba mucho tiempo sola, encerrada en su apartamento. A las pocas reuniones familiares a las que asistía, llegaba y se iba temprano, y durante el escaso tiempo que pasaba con ellos siempre parecía estar en otro lado, permanecía ensimismada, con una leve sonrisa cordial, asintiendo de manera casi automática, hablando lo menos posible. Lo intentaron de todas las formas posibles pero nunca consiguieron que se desahogara. ¿Qué había pasado en esa cárcel? ¿Qué le habían hecho? ¿O qué había visto? Teresa evitaba el tema, no contestaba. Tampoco quiso ir nunca con un psicólogo. Ni accedió a hablar con un sacerdote amigo de la familia. Sus dos mejores amigas también fracasaron. Era como si tuviera un inmenso bloqueo interno, una fuerza oscura que no le permitía interactuar con los demás.

—Y entonces apareció lo del club de lectura.

—¿Y cómo llegó a ese club?

—¿Ustedes conocieron a las otras personas de ese club?

—No me atosiguen que me pongo nerviosa —exclamó Anahí alzando la voz. Rectificó de inmediato y regresó a su tono anterior—. No se pongan como si esto fuera un interrogatorio —dijo.

Teresa conoció a otra mujer, que al parecer estaba en una situación similar. No sabía mucho sobre ella. No se sabía muy bien cómo y dónde se habían conocido, de qué manera llegaron a encontrarse, pero sí era obvio que a partir de esa relación Teresa había empezado a tener cambios positivos, a relacionarse mejor con la familia. Aunque seguía sin contar nada, poco a poco parecía ir mejorando, retomando su vida, su vínculo con los otros. Una tarde llamó a Anahí y le preguntó si quería acompañarla al cine. Fueron juntas a la función de las cuatro, era la última, desde hace tiempo en la ciudad se habían acabado las salidas nocturnas: o no había luz o había disparos.

—Yo me quedé sorprendida, le dije que sí, por supuesto. Fuimos a ver una película cualquiera, creo que era una comedia romántica, no recuerdo el nombre, pero de seguro era lo mejor que había en la cartelera aquel día.

Teresa se rio. Anahí tenía un ojo puesto en la pantalla y el otro en su hermana. La vio reírse y se sintió sorprendida, desconcertada. A la salida, la invitó a tomarse algo en un bar que estaba en el mismo centro comercial. Ahí fue que Teresa le contó la razón de su cambio. Le dijo que todo tenía que ver con Inés y con sus reuniones quincenales. Ahí fue que le habló por primera vez del club de lectura. Eran cinco o seis mujeres que se reunían cada dos semanas a conversar sobre un libro.

La mujer quedó en silencio unos segundos. Como si recordar la hubiera fatigado. Sebastián y Elisa volvieron a mirarse, esta vez de reojo, con disimulo.

—Y entonces usted —Sebastián intentó regresar el relato al punto de inicio— le habló a mi mamá de ese club. Usted se lo recomendó.

Anahí se removió sobre su silla. También echó su espalda hacia atrás, miró a Sebastián, todos los músculos de su cara se tensaron.

—Yo no tengo la culpa de nada —sentenció.

Elisa le dijo que no la estaban acusando. Sebastián reiteró que sólo deseaban hablar.

—Ya les dije todo lo que sé —volvió a replicar Anahí, cada vez más intranquila—. Yo no he visto a Teresa desde hace años —repitió.

Y ya no hubo manera de hacerla hablar. La mujer se puso de pie, dio algunos pasos, observó todo con nerviosismo, incluso descorrió un poco la cortina de una de las ventanas de su apartamento y trató de mirar furtivamente hacia fuera.

—Creo que es mejor que se vayan.

Sebastián trató de calmarla, de ahondar un poco más en lo que estaban conversando.

—Yo también tengo que salir —dijo.

Parecía que hablara distinto. En voz más alta pero también recortando las palabras de otra manera. Fue imposible hacerla cambiar de opinión. La mujer sólo repetía que debían salir. Como si estuviera entonando una letanía. Y cada vez esquivaba más sus miradas. Y meneaba la cabeza negativamente. Ya les dije todo lo que sabía, también repitió en varias oportunidades. Todos los intentos por regresar al tema fueron inútiles. Mientras Elisa y Sebastián trataban de convencerla, ella se acercó a la puerta y la abrió. Volvió a pedirles que salieran, pero ya sin decirlo, tan sólo moviendo su brazo izquierdo, señalándoles la ruta hacia el pasillo.

—Sólo le estoy pidiendo un dato —dijo Sebastián, antes de salir—, deme una pista, por favor.

Ella dudó. Abrió la boca pero luego volvió a cerrarla, como si quisiera encerrar una duda debajo de su paladar.

—¿Por qué se puso así? —preguntó Sebastián, ya desesperado—. No entiendo. ¿Fue acaso por algo que dijimos?

La mujer lo miró en silencio.

—¿Por qué nos está corriendo de esta forma de su casa?

Anahí Rosales permaneció impávida.

—¿Cuál es el secreto? ¿Qué pasó con ese club?

La mujer se acercó un poco más, arrastrando con suavidad sus pies.

—Es mejor que no te enteres —susurró—. Al principio, yo pensé que era algo bueno. Por eso se lo recomendé a tu mamá —añadió. Luego lo miró con una súplica en los ojos—. No sabes cómo me arrepiento. Ese club las volvió unas dementes. En verdad, no averigües más. No te conviene saberlo.

(Sobre las formas de organizar el dolor)

Magaly estaba nerviosa pero esa emoción, un tanto escolar, también le parecía saludable, lograba que de pronto volviera a sentirse animada, con ganas de vivir. Teresa le había pedido que llegara a tiempo. Inés es una fanática de la puntualidad, le dijo. La cita era a las cuatro de la tarde pero Magaly comenzó a prepararse desde las dos. Se había bañado temprano en la mañana, a las seis. El racionamiento había obligado a cambiar los horarios y las rutinas. En su edificio sólo había agua dos veces al día, una en la mañana y otra en la tarde, media hora cada vez. Nada más. El resto del tiempo, el líquido sólo fluía en baldes y cubetas. Hacía calor, decidió ponerse un vestido. Teresa también le había advertido que Inés era la más formal del club. La mayor. Se habían reunido la primera vez en una cafetería cerca de su consultorio. Teresa era joven, tendría treinta y cinco años, si acaso, aunque se vestía como si fuera aún más joven. Esa tarde llegó con unos jeans desgastados y una camisa blanca, sin cuello. Tenía dos o tres pulseras indígenas, hechas a base de mostacilla, en la mano izquierda. Teresa la puso al tanto rápidamente. Somos un grupo pequeño, no te creas, le dijo. Empezamos como diez pero poco a poco algunas fueron abandonando. La gente dice que lee pero no es verdad —afirmó, sonriendo—. La gente lee noticias, chismes, mensajes de textos, lo que sea pero que sea corto. Ya casi nadie lee libros. Les parece demasiado. Hay quienes ven un libro y se cansan. Eso también ocurrió con el club. A medida que pasaron los meses, fuimos siendo menos. Pero no nos importaba. De hecho, nos sentimos mejor así. Mejor pocas que mal acompañadas, eso decimos. Magaly asentía, sin saber muy bien qué responder. Teresa parecía contenta con la idea de que ella se sumara al club. Ahora somos cuatro, comentó, pero si tú entras seríamos cinco. Estaría buenísimo. Yo prefiero los números impares. Así cuando discutimos no podemos quedar nunca empatadas.

Pero también le advirtió que, primero, el club la debía de aceptar.

Magaly sintió que tenía que pasar una prueba. Estaba ante un desafío que le había devuelto algo de la adrenalina dormida, un ramalazo de electricidad que parecía haber sacudido momentáneamente el estado de abatimiento en que se encontraba hundida. El único consejo que, en seis meses de terapia, le había dado su psicóloga, parecía estar funcionando. Tenía ganas de salir, se había puesto a decidir entre distintas posibles prendas, incluso se había colocado un poco de maquillaje, algo ligero en las mejillas, una tenue sombra también alrededor de los ojos. En los labios: un discreto tono opaco. Desde que su marido había entrado en la fase crítica de su enfermedad, era la primera vez que se pintaba, la primera vez que se colocaba frente al espejo para hacer algo distinto que sentir dolor o lástima. Por un momento, mientras delineaba sus párpados, pensó que el maquillaje también era una metáfora de la vida. Los hombres jamás podrían entenderlo. Algunos incluso creían que era todo lo contrario: una forma de ocultamiento, una manera de tapar la existencia. Se equivocaban. Los hombres suelen ser muy básicos, poco elaborados. El pensamiento masculino se parece a ciertas ecuaciones matemáticas: no tiene matices. Respecto a muchas cosas de la cotidianidad, los hombres carecen totalmente de imaginación. Hay que ser mujer para entender que maquillarse no es disfrazarse. Que no se trata de un trámite apurado, de un ajuste mecánico. Que en cada elección, en cada gesto, cada trazo, en cada vistazo al espejo, se establece una forma de intimidad que la mayoría de los hombres ignora, se abre una relación con el cuerpo que los hombres no tienen.

Se pintó una línea delgada bajo los ojos y se rizó las pestañas. Se puso de pie y se miró de cuerpo entero en el espejo que estaba detrás de la puerta. Se gustó. Sintió que algo cambiaba dentro de ella.

En rigor, no debía enfrentar un examen de admisión. Pero era lógico que las otras integrantes del club quisieran conocerla antes de aprobar su ingreso. Ya Teresa había realizado un trabajo previo, les había hablado de Magaly, había ofrecido datos personales, garantías, incluso había contado, al menos en trazo grueso, su historia, el relato de la enfermedad de su marido y la soledad de una madre cuyo único hijo vive en el exterior. En esa primera reunión no hablaron realmente de libros ni de lecturas. Estuvieron conociéndose, hablando de ellas mismas, de sus vidas y de sus familias, del país. Pero sobre todo se dedicaron a mirarse. De medio lado, con disimulo pero con una eficacia letal. Las mujeres tienen un bisturí en cada ojo. La conversación podía ir por un lado, las palabras vagaban en el aire, iban y venían, con ligera neutralidad, pero las pupilas, mientras tanto, no se distraían, se movían de forma precisa, eran incisivas, curiosas, hacían un registro minucioso, rastreaban y evaluaban detalles específicos, muecas, ademanes, palabras... Todas, de una manera u otra, hicieron lo mismo. Las mujeres no se miran: se inspeccionan, se examinan. Con afable y delicada diplomacia, además. Desde niñas saben hacerlo como si no lo estuvieran haciendo. Es de las primeras cosas que aprenden.

Cuando llegó al apartamento, ya las demás se encontraban ahí. Magaly de inmediato notó el peso y el volumen de sus miradas. Ese filo oculto que la diseccionaba. Teresa hizo las presentaciones de las demás integrantes: Inés Sánchez, una mujer de más de cincuenta años, con el rostro adusto, endurecido. Usaba lentes y le apretó la mano con fuerza. Leonor Manrique, una morena evidentemente tímida: sólo la miró un segundo a los ojos; sonrió de lado. Era joven, parecía tener la misma edad que Teresa. Adriana Muñoz, risueña y robusta, con grandes senos y una amplia sonrisa… Magaly le calculó cuarenta y ocho años. Era sin duda la más llana y la menos recelosa del grupo. Fue la única que, incluso antes de empezar la reunión, le dio la bienvenida al club. Después todas se sentaron y comenzaron a hablar. Tras los primeros minutos, Magaly sintió algo cercano al alivio. Una evaluación rápida de la manera en que la habían mirado ya le daba una ventaja. Había superado una primera prueba: sin que ninguna lo dijera, percibió nítidamente que a todas les había gustado su vestido azul.

Al día siguiente Teresa y ella se vieron para tomar un café y compartir comentarios sobre la reunión. Magaly había causado muy buena impresión, a todas les había encantado y estaban de acuerdo en que, a partir del próximo miércoles, se integrara formalmente al club. Magaly preguntó si el club tenía nombre. Hasta ese momento no había pensado en eso. Sólo cuando se sintió dentro apareció esa interrogante. Teresa le dijo que no. Que alguna vez, en una tarde de ocio, tras comentar algún libro que a todas les había parecido aburrido, estuvieron hablando del tema, barajaron varias posibilidades pero no les agradó ninguna. Le aclaró que en ese momento estaban leyendo una novela llamada *La casa de la belleza* de la escritora colombiana Melba Escobar. Está buenísima, le dijo. Tienes que apurarte, añadió, porque el miércoles la vamos a discutir. El club tenía el plan de leer dos libros al mes. Era ambicioso pero no rígido. Elegían los libros por votación pero, por turnos, siempre una de ellas tenía el chance de proponer un título. Por lo general, las propuestas surgían de algunas consultas o comentarios sacados de algún portal de internet, o también de recomendaciones de amigos o conocidos. Magaly preguntó cómo hacían para conseguir los libros. Tal y como estaba la situación, no era fácil. Varias librerías habían quebrado. Los precios de algunos títulos resultaban, además, impensables. El presupuesto no daba para la lectura. Teresa estuvo de acuerdo, dijo que no era fácil pero que casi siempre lograban conseguir aunque fuera un ejemplar, en físico o en la red, y terminaban compartiéndolo. Dependiendo de estas dinámicas, movían o no las fechas de las reuniones. Pero siempre eran los miércoles. No tenemos nombre, acotó Teresa, pero alguna vez hablamos del club de los miércoles. No suena mal.

Magaly quiso saber cómo había comenzado la experiencia, quién fue la primera, cómo se había integrado Teresa al grupo. Teresa entonces le contó sobre las otras mujeres. La fundadora era Inés, la dueña del apartamento donde se habían reunido el día anterior. Inés Sánchez Guerra. Teresa le calculaba poco más de cincuenta años. Era divorciada, tenía dos hijos, aunque Teresa aclaró rápidamente que ya no eran dos, que ese era parte del problema, que en realidad ya solo tenía un hijo.

—Hace un tiempo murió su hija mayor —Teresa bajó la voz.

Las dos estaban sentadas en una mesa solitaria de una cafetería que casi parecía abandonada. Magaly tuvo que acercarse un poco más a ella para poder oírla.

—A Inés no le gusta hablar de eso —dijo.

Magaly asintió, cada vez más interesada.

—Todo fue muy terrible. De hecho, yo creo que Inés todavía no lo ha superado —hizo una pausa, como si estuviera ponderando lo que acababa de decir y, luego, siempre en voz baja, recalcó—: quizás esas cosas nunca se superan. Imagínate: ¿Cómo te pondrías tú si te matan a tu hijo?

Tan sólo escuchar la pregunta, tan sólo verla sonando en el aire, pronunciándose, la sacudió. Magaly sintió que su vida crujió en un segundo.

Se llamaba Irina y tenía veintiún años. Estudiaba computación en la universidad. Era una muchacha alegre, divertida, eso decía Inés. No tenía novio en ese momento pero había salido con uno o dos pretendientes, muchachos con los que había establecido una relación durante algunos meses. Tenía un buen grupo de amigos, con ellos precisamente fue a la manifestación. Todos estudiaban juntos, salieron de la universidad, como muchos otros estudiantes, y se sumaron a una marcha de protesta.

Ocurrió en la avenida, muy cerca del edificio donde vive Inés. Venían de regreso cuatro o cinco estudiantes, Irina estaba entre ellos. Se bajaron del autobús en una parada que está casi en la esquina. Es una avenida amplia, flanqueada por conjuntos de edificios de lado y lado. En general, domina una arquitectura funcional, todos fueron construidos en la década de los setenta. La altura promedio es de diez o doce pisos. Inés vive en el piso 8. Estaba asomada al balcón. Siempre que había una marcha, se estacionaba ahí, apoyada en la baranda, y deslizaba su mirada hacia la calle, esperando que llegara Irina, esperando que apareciera abajo su cabeza, su maraña de pelo negro, ensortijado, su manera de caminar sobre la acera, como siguiendo un vaivén musical. A veces la muchacha, que sabía que su madre estaba ocho pisos encima, colgando su angustia del balcón, también alzaba su cara, la buscaba con la vista y la saludaba. O sólo sonreía. Al menos así le gustaba a Inés imaginarla. Mirándola a la distancia y sonriendo.

Aquella tarde, Irina no miró hacia arriba.

—Inés dice que, desde que la vio bajarse del autobús, tuvo un mal presentimiento.

Los malos presentimientos son un lugar común.

Los malos presentimientos son un vacío en el lenguaje, una flojera del relato.

Pero existen.

Se les puede buscar otro nombre: premonición, augurio, presagio; se puede intentar contarlos de otra manera, describirlos de una forma más original, más compleja, pero ahí están. No hay manera de aniquilarlos.

Inés vio a Irina y a sus amigos bajando del largo vehículo y tuvo un mal presentimiento. La luz de la tarde rebotaba contra las ventanas del edificio que se erguía en el otro lado de la calle. Por un momento, las figuras de los cuatro jóvenes se perdieron en medio de la luz. Se volvieron sombras amarillas. Y entonces a lo lejos sonó el bullicio de varias motocicletas. Justo en ese instante, subiendo de golpe desde el interior de sus caderas hasta sus labios, Inés tuvo ese pálpito que le dolió. Fue una premonición, un augurio, un presagio; una desesperación que parecía una pedrada.

Adentro, Julio, su otro hijo, veía la televisión. Era un programa de concursos. El entusiasmo artificial de la animadora la irritó. Se volteó y cerró con fuerza la puerta de vidrio que separaba la sala del balcón. Volvió a mirar hacia abajo. Ya los motorizados estaban ahí, habían llegado. Era un grupo de ocho o diez. Todos vestían de rojo. Hacían rugir sus motos, gritaban consignas, Inés no podía oírlas pero suponía que eran a favor del Alto Mando.

Comenzaron a rodear a los jóvenes. Era obvio que los muchachos habían participado en la marcha. Venían con mochilas y gorras, uno de ellos llevaba una bandera atada a un palo de escoba. Tuvieron que detenerse porque las motocicletas les cerraban el paso. Comenzaron a dar vueltas en círculos alrededor de ellos. El ruido de los motores los cercaba.

Una duda se atravesó delante de Inés: ¿Qué debía hacer? ¿Bajar? ¿Acaso llegaría a tiempo? ¿A tiempo para qué? El terror la paralizó. No podía despegar los ojos de su hija. Comenzó a gritar, a tratar de llamar la atención. Lanzó una de sus sandalias al aire. Siguió gritando. Pero la gente se alejaba, ninguno de los paseantes se atrevía a intervenir. Algunos se detuvieron unos instantes a ver pero, muy pronto, se retiraron. Apurados. Con temor. Las motos seguían danzando, como animales de metal, alrededor de los jóvenes. Y los muchachos, rodeados, trataban de defenderse, de soportar el acoso. Ellos también gritaban. De pronto, uno de los motorizados manoteó el aire, muy cerca de Irina. Quizás pretendía acariciarla.

O abofetearla. O quitarle su mochila. Irina lo esquivó y le respondió, furiosa, enfrentándolo a gritos. Desde arriba, Inés intentaba seguir todo con su vista pero las distintas figuras se cruzaban, se atravesaban. Trató de leer los labios de su hija. Apretó sus manos sobre la baranda del balcón. Dijo muévete. Dijo Irina. Gritó ambas cosas. La respiración de los escapes de las motos, el aullido de alguna bocina, la tensión de la tarde, todo parecía formar un nube cada vez más espesa y estridente, un vapor revuelto que se apretaba en el asfalto y comenzaba a subir, a expandirse hacia el cielo.

Y entonces, desde el balcón, Inés vio a uno de los motorizados apuntar a Irina con una pistola. Y también vio cómo su hija dio un pequeño saltó en el aire y cayó, cómo se desplomó de golpe sobre la calle.

Pero nunca oyó el disparo.

Inés saltó del impacto de la muerte de Irina a una labor frenética. No tuvo elección. Tal vez sólo fue una manera de eludir lo que pasaba, de evitar el sufrimiento. Sorteó la pesadumbre convirtiéndose por unos días en una protagonista de los noticieros.

Desde sus primeros gritos, al llegar a la calle y agacharse y tratar de abrazar el cadáver de su hija, Inés comenzó a transformarse en uno de los símbolos fugaces que —con una misma velocidad— producen y devoran los medios de comunicación. Denunció el hecho ante las autoridades, fue diligentemente a cada una de las instancias del sistema judicial, también pasó por delante de todas las cámaras de los canales y plataformas audiovisuales que se lo permitieron; se mantuvo de pie durante horas, sosteniendo una fotografía de Irina entre sus manos, frente a la sede de la Defensoría Ciudadana; lloró de tristeza y de cansancio en una entrevista con un periodista extranjero, formó parte del Comité de víctimas de la violencia, se reunió durante tantos días con tanta gente pero, al final, siempre regresó sola a su casa.

Su exmarido no supo qué hacer con la tristeza, no soportó la aflicción, no quiso participar en ninguna campaña, la desolación lo congeló. Orillado por su segunda esposa, al poco tiempo decidió irse al exterior. Julio le confesó a Inés que él tampoco quería permanecer más en el país, que todo le recordaba a su hermana Irina, que esa ciudad no era una ciudad sino una muerte disfrazada de calles y de edificios, que aunque todavía no tuviera 18 años le permitiera por favor irse con su padre. Inés dijo que sí, sin pensarlo.

Una sola bala la terminó separando de sus dos hijos.

Semanas después, cuando apareció un nuevo escándalo y el asesinato de Irina pasó a segundo plano, la emoción y el barullo de repente comenzaron a deshacerse, la intensidad devino en un vaho cada vez más suave e inocuo. El nombre de su hija se fue ablandando bajo el peso de otros nombres. Los medios cada vez buscaron menos a Inés. El teléfono se fue apagando poco a poco, al final ella misma dejó de contestarlo. Y entonces, entendió que no tenía más remedio que enfrentar su duelo. Los primeros días, permaneció casi todo el tiempo en el balcón, con los codos apoyados en el muro, mirando hacia esa nada que era una mañana o una tarde. Cada vez que oía el sonido de un autobús, no podía evitar desviar la vista hacia abajo y fijarse en la parada. Observaba detenidamente a quienes descendían del vehículo y luego regresaba a su posición original, lanzando sus ojos al aire.

La consecuencia más inmediata de la muerte es el vacío, la aparición palpable y visible del vacío. Inés trató de combatirla. Comenzó a pasar mucho tiempo en la recámara de Irina. Quiso acomodarla, tratar de restituir a su hija en sus objetos, otorgarle de nuevo el orden que le había arrebatado la ausencia. También invitó a las amigas y amigos de Irina al apartamento. Deseaba que estuvieran mucho tiempo en la casa, que llenaran la sala de ruidos, que la recordaran, que hablaran sobre ella, que pronunciaran su nombre. Pero poco a poco el vacío se fue imponiendo, la fue doblegando. Se dio cuenta de que no había manera de enfrentarlo. Era como una humedad que cada día ganaba más terreno. Sintió que la única alternativa que le quedaba era someterse. Inés regresó a su trabajo como asistente de contabilidad en un despacho de abogados. Intentó recuperar sus rutinas, fue a caminar al parque en las mañanas, llamó por teléfono a dos o tres amigas, quedaron para verse pero jamás se vieron, estableció de nuevo su contacto con un proveedor de alimentos en el mercado negro, hizo colas para tratar de conseguir detergente… todo formaba parte de un ensayo artificial, quería fingir que vivía cuando en realidad ya estaba demasiado dominada por su propia desazón.

—La muerte también se contagia —sentenció Leonor, sin alzar la voz.

—¿Quién dice eso?

—Lo digo yo.

—Tú te la vives leyendo puras tonterías de filosofía barata y cosas cuánticas. De ahí debiste sacar esa frase.

—No. La saqué de mi cabeza, te lo juro.

Luego, las dos quedaron un instante en silencio. Estaban comiendo juntas en una terraza, cerca del despacho. Hacía calor y al fondo del paisaje se escuchaba la voz de un policía a través de un parlante. Una patrulla cruzó lentamente por la calle. Llevaba una bocina en el techo. La voz del oficial decía algo sobre las zonas de seguridad, donde no estaban permitidas las manifestaciones públicas. Ambas esperaron a que el sonido se fuera perdiendo a lo lejos.

—A Irina le gustaba leer —dijo Inés, finalmente, cerrando el envase plástico donde traía la comida de su casa.

—¿Qué leía?

—No lo sé —respondió.

Pero esa misma tarde, al llegar a su apartamento, fue directamente al cuarto de su hija y se paró frente a la biblioteca de madera blanca. Vio los lomos de los libros, los tocó. Dejó que la palma de su mano se posara sobre ellos. Sintió que estaba un poco más cerca. Así nació la idea de formar un club de lectura.

A la primera que se lo comentó fue a Leonor, por supuesto. Se conocían desde hace años y, a pesar de la diferencia de edad, era su mejor amiga en el trabajo. Leonor no llegaba a los cuarenta, era una mujer reservada, contenida. No tenía hijos, tampoco se había casado, Inés ni siquiera le había conocido jamás un novio o algún pretendiente. Pero las veces que había intentado tocar el tema, la propia Leonor había marcado rápidamente los límites. Rara vez hablaba de su vida personal. Un día de fuerte lluvia, Inés la acercó en su carro a la estación del metro. En el trayecto, cruzaron frente a ellas dos o tres niños, muy flacos, descalzos. Solían pedir dinero por la zona pero, en ese momento, habían dejado su trabajo de lado y sólo eran unos niños riéndose y empujándose bajo la lluvia. Después de mirarlos, como si se le escapara una confesión,

Leonor dijo que así había sido su infancia. Luego se bajó del carro y cruzó la calle, también bajo la lluvia, rumbo a la estación. Inés no recordaba otra confidencia. Sólo ese momento. Evidentemente, Leonor era una mujer muy trabajadora, disciplinada, estricta en el cumplimiento de las reglas. Era la secretaria ejecutiva de la junta directiva del despacho. Antes de que la crisis económica explotara y alcanzara su plenitud, Leonor iba tres veces por semana a estudiar inglés en una academia privada. Siempre andaba con un libro en la mano, por lo general eran títulos de superación personal y de empoderamiento. Cuando Inés le contó su idea, no reaccionó con demasiado entusiasmo. El plan de compartir con otras mujeres que no conocía la intimidaba. Pero Inés insistió, la manipuló un poco, le hizo sentir que la experiencia podría ser una terapia fundamental en su proceso de duelo. Leonor entonces dijo que sí, que iría a algunas sesiones para probar. Inés se movió rápidamente, con un ánimo que no había sentido desde la muerte de Irina, y logró convocar a nueve mujeres para una primera reunión en su casa, un miércoles en la tarde.

Había cierto auge de clubes de lectura en la ciudad. Sería un exceso decir que estaban de moda, pero ciertamente se trataba de un fenómeno peculiar. Habían comenzado a surgir de repente, sin estar precedidos de una tradición sólida. Eran esencialmente grupos de mujeres que, de pronto, habían convertido la lectura, la discusión de un libro, en su motivo de periódicas reuniones. Un sociólogo, especialista en el análisis de los movimiento culturales urbanos, señaló en una entrevista de radio que la aparición y apogeo de estas pequeñas comunidades literarias guardaba una relación directa con la crisis que se vivía. Frente a la inseguridad y la violencia, frente a la zozobra generalizada, estos clubes se presentaban como espacios de resistencia, como burbujas de oxígeno, de diálogo, de confianza; eran una suerte de trinchera ante la cotidiana expansión del caos. Ninguna de las mujeres que asistieron aquel primer miércoles al apartamento de Inés tenía esa idea en mente, ninguna pensaba de esa manera. En el mejor de los casos, sólo deseaban evadirse de forma sencilla y natural, sin muchos costos. Este primer intento, al que Inés luego llamaría piadosamente "la primera etapa", fracasó con contundente celeridad. Quizás el error, y así también lo reconoció después la propia Inés, fue tratar de ligar esta experiencia a Irina. Pero para ella, al menos en ese momento, se trataba de un vínculo inevitable. En la primera reunión propuso que empezaran por la novela que estaba leyendo su hija antes de morir. El libro tenía una marca en la página 165. Se llamaba *El cielo es azul, la tierra blanca* y en una línea más abajo se añadía *Una historia de amor*. Estaba firmado Hiromi Kawakami. Inés no sabía quién era esa autora ni cómo ese libro había llegado a manos de su hija. Pero pensaba que era un excelente título para inaugurar el club. Nadie se atrevió a contradecirla. Solo Leonor, al final de la reunión, mientras la ayudaba a recoger las tazas, acotó:

—Ni siquiera sabes si a Irina le gustaba ese libro.

El miércoles siguiente, cuando supuestamente ya todas debían haber leído la novela, sólo asistieron tres personas. Hubo todo tipo de excusas, dos o tres invocaron la dificultad para conseguir el libro o para imprimir una fotocopia del mismo, otra apeló a una hermana enferma, otra dijo que se le había dañado el carro, que no encontraba los repuestos necesarios, que no podía moverse. Pese a todo, Inés derrochó un forzado entusiasmo y terminó haciendo lo que quería: un íntimo homenaje a Irina. Cada quien organiza su dolor como puede, dijo.

A todas les gustó la novela. Y la pasaron muy bien conversando sobre el libro. Se sintieron distintas, se sintieron mejor. La tercera era Adriana Muñoz. Llegó al club un poco por azar, la había convidado una de las faltantes. Pero se integró de forma rápida. Era una mujer habladora, dicharachera, sin demasiados filtros interiores, divertida y espontánea. Se burló de su propio sobrepeso y celebró la inasistencia, acotando que a ellas entonces les tocarían más galletas. Unas semanas más tarde se sumó Teresa Rosales. Inés fue quien la trajo. Y luego la propia Teresa propuso a Magaly. Estuvieron casi un año reuniéndose, leyeron y discutieron más de una docena de títulos. Todo estuvo muy bien, hasta que Leonor Manrique propuso que leyeran un libro de autoayuda.

(Los libros te salvan) (Y viceversa)

Cuando cumplió quince años, Leonor conoció a su padre. Fue así: ella se encontraba estudiando en la sala, hacía la tarea sobre la única mesa que había en su casa. Su madre y ella vivían solas, alquiladas en un espacio de dos piezas y un baño, en la parte más estable de un barrio popular. Era el anexo de otra vivienda mayor. Sólo contaba con una habitación, donde ambas compartían una cama; en la sala también estaba la cocina y, junto a la puerta de la entrada, había un pequeño baño donde estaban demasiado cerca un retrete, un lavamanos y una regadera. El resto era un breve patio trasero, con una batea para lavar y unas cuerdas cruzadas de muro a muro para secar la ropa. Esa tarde, al regresar de su trabajo como bedel en una escuela cercana, su madre se acercó a ella y, sin siquiera cerrar la puerta, le dijo que se vistiera, que iban a salir. Leonor se entusiasmó, secretamente pensó que tal vez irían a comprar un regalo, los zapatos de plataforma que tanto le había comentado a su madre lo mucho que le gustaban. Pero su madre no tenía cara de regalo. Parecía tensa, perturbada. Cuando ya estuvo lista e iban a salir, Leonor se arriesgó a preguntarle a dónde se dirigían, qué iban a hacer. Su madre dijo: hoy tienes que conocer al hombre que es tu papá.

Leonor se sorprendió. Luego pensó en sus zapatos y ya no dijo nada.

A veces, las desgracias se repiten de forma automática. Así dejan de ser desgracias. La reiteración las banaliza; domestica el asombro y transforma el dolor en un hábito. La reproducción logra que la realidad pierda importancia, que sea rápidamente catalogada como un lugar común. La supuesta falta de originalidad, en vez de aumentar una desgracia, la minimiza. Leonor era parte de esa enorme estadística que se agrupa debajo de una categoría paradójica: hijos naturales. Nunca había conocido a su padre, jamás había sabido nada sobre él. Su madre decía: de eso no se habla. Desde que era niña, su padre era un *eso*. No tenía figura, historia, nombre. En la escuela donde Leonor estudió toda la educación primaria, las familias con padre y madre eran la excepción. Casi todos los niños sólo tenían y conocían a su madre. La vida sin padre era lo natural. Mientras bajaban por el cerro, rumbo a la avenida, Leonor se sentía confundida y nerviosa, no entendía por qué en ese momento, precisamente, su madre destapaba esa lámina del pasado. No era el mejor plan para su cumpleaños. Después de tanto tiempo, no sabía ni siquiera si tenía ganas o no de conocer a su padre. Su madre ni preguntó. No era su estilo. Era una mujer dura, directa, más inclinada hacia a la acción que hacia las palabras.

Fueron a una cancha de *bowling* en un centro comercial en el este de la ciudad. Tardaron más de una hora en autobús. Durante el trayecto, su madre no dijo nada. Miraba hacia el frente, con la mandíbula apretada, como si tuviera alfileres dentro de los ojos. Leonor no se atrevió a comentar nada. Sentía que sus manos sudaban.

—¿Es aquí? —la pregunta saltó instantánea y perpleja, cuando entraron en el local.

Leonor jamás había estado en una cancha de *bowling*. Había visto alguna por televisión en una película, pero nada más. Lo primero que le sorprendió fue el sonido, ese estruendo ordenado, casi como una orquesta, que producían los pinos al caer. Su madre la jaló por un pasillo, alejado de las pistas y cercano a la zona de los empleados. Caminaba con pasos cortos pero apremiados. Miraba de reojo hacia las canchas, con temor. Apretó a la muchacha hacia ella.

—¡Ten cuidado! ¡Que no te vean! —susurró.

El desconcierto de Leonor aumentó. Su madre habló al oído de un empleado, quien entró por una puerta gris. A los pocos minutos salió Estela, la madrina de Leonor, quien laboraba en el lugar. Saludó a Leonor con un beso, le dijo felicidades, le sonrió. Pero su madre la obligó a dejar las cortesías, también le habló al oído, las dos mujeres intercambiaron algunas palabras, hasta que Estela se irguió y miró hacia la cancha de madera, luego estiró los labios, señalando hacia una de las pistas. Se miraron. Su madre asintió y entonces Estela comenzó a caminar, haciendo un gesto para que la siguieran. La madre de Leonor volvió a atajarle su mano y la jaló. Recorrieron buena parte del local pegadas al muro del fondo. Era el espacio para los empleados. Estaba poco iluminado. Cruzaron junto a la cocina, donde otras mujeres preparaban los platos que ofrecía el restaurante del local, hasta que llegaron justo detrás de la pista 11, donde finalmente su madrina las abandonó. Madre e hija permanecieron envueltas en una tenue penumbra. Estaban al final de unas pequeñas gradas donde podía sentarse público. Más allá de esas tres filas descendentes de sillas, había un espacio amplio, como para que los jugadores o los meseros pasaran. Después estaba una banca semicircular, con otras sillas y una pequeña mesa, comenzaba la franja de madera por donde rodaban las bolas hasta estrellarse ya en el fondo con la brigada de pinos. Un hombre alto, un poco gordo, se encontraba sentado en la banca. A su lado estaba una mujer, sonriente y ruidosa. Bebían un líquido de color rojo y sus vasos estaban llenos de hielo. También estaban dos jóvenes, los dos varones, uno se preparaba para lanzar, cargando la bola; el otro estaba sentado tras la mesa, anotando algo en un papel. Leonor estaba nerviosa. El frío del aire acondicionado le secaba los labios. Sintió también que sus axilas estaban pegajosas. Calculó que los dos muchachos eran mayores que ella. No demasiado. Quizás tendrían diecisiete y dieciocho años, tal vez. Su madre puso una mano en su hombro y la obligó a agacharse. Ambas quedaron agazapadas tras las últimas sillas de las gradas.

—Ese es —le dijo—. Míralo bien. Que no se te olvide.

Leonor sólo asintió, tensa, sin separar los ojos del hombre alto y barrigón.

—Y mira también a esos muchachos —prosiguió su madre—. Fíjate en ellos, Leo. Fíjate bien, mira que son medios hermanos tuyos.

Leonor sintió que tenía un nudo de pelo al final de la garganta. Le costaba tragar. Deslizó sus ojos hacia los dos jóvenes.

—Pégatelos de la memoria, ¿ah? —insistió su madre.

Leonor nunca supo cuánto tiempo exactamente pasaron ahí, en esa posición. Al salir le dolían las piernas, tenía los músculos entumecidos. Recorrieron la misma ruta, de la misma manera casi furtiva, y se fueron sin despedirse de su madrina. El viaje de regreso fue más largo, había más tráfico en la ciudad. El autobús estaba lleno de gente. Viajaron en silencio. Sólo, en un momento, su madre le ofreció un gesto, una explicación. Casi cuando estaban por llegar, tomó su mano y la miró con algo parecido a la ternura.

—Ya eres mujer —dijo—. Tenías que saberlo.

Leonor tardó muchos años en ponderar las inquietudes que movieron ese día a su madre. Terminó la secundaria, quiso estudiar derecho pero no consiguió cupo en la universidad pública. Comenzó a trabajar en una estética, alisando y tiñendo cabello, mientras en las noches estudiaba secretariado y gerencia en un instituto de nuevas profesiones. Se graduó y empezó a trabajar en un banco. Logró rentar y mudarse a un apartamento pequeño pero con dos habitaciones, situado cerca del centro de la ciudad, en una zona menos peligrosa que donde habían pasado toda la vida. Tuvo novios pero jamás se casó. Vio llegar al Alto Mando al poder y se sumó con entusiasmo a todas sus promesas pero, cuando el Alto Mando suspendió a los partidos políticos y eliminó las elecciones, cuando expropió las empresas de producción y anunció la llegada de la Era de Oro del país, Leonor se asustó. Ya para ese momento trabajaba como secretaria ejecutiva en el despacho de abogados. Su madre empezó a presentar síntomas de alzheimer y, entonces, sólo entonces, probablemente empujada por el miedo a que todos sus recuerdos se perdieran para siempre entre las penumbras de su cabeza, Leonor decidió traer del pasado ese momento y hablar sobre lo que ocurrió cuando cumplió quince años.

Su madre ya era otra mujer. La edad había aflojado hasta sus pómulos. El tiempo logró derrotar sus miedos más sólidos. Había en ella algo de dulzura que Leonor jamás nunca antes conoció. Siempre fue una madre dedicada, responsable, pero nunca tuvo talento ni disposición para la intimidad, para el cariño. Y cuando ya no podía seguir siendo madre, cuando los años le arrebataban incluso esa definición, de pronto fluía en ella una sensibilidad desconocida, una nueva fragilidad. Era de noche y las dos estaban sentadas en el comedor, cenando.

—¿Recuerdas cuando cumplí quince?

Su madre levantó la vista de su plato, la miró, asintió con una sonrisa.

—Es en serio, mamá —dijo Leonor, también con una sonrisa, cómplice— Dime: ¿qué recuerdas?

Su madre trató de pescar una delgada franja de queso.

—Me llevaste a una cancha de *bowling*, ¿recuerdas? Querías que conociera a mi papá.

La mujer detuvo el movimiento, alzó la cara, la miró de otra manera, un resplandor diferente se asomó entre sus párpados.

—Siempre me pregunté ¿por qué lo hiciste? ¿Para qué?

Su madre se quedó pensando unos instantes. Al menos, eso parecía. Con la cabeza un poco ladeada, como si buscara dentro de ella, en un calendario infinito y oscuro, esa fecha exacta, aquella tarde extraviada entre muchos pasadizos. Luego regresó a su plato y siguió comiendo.

Cuando Leonor dejó caer suavemente la cobija sobre ella, y se inclinó y le dio un beso en la frente y le dijo buenas noches, su madre la tomó del brazo, con un impulso distinto, asiéndola. Leonor se extrañó, pensó que le dolía algo. Pero su madre la vio de repente con la misma mirada del pasado, como si con mucho esfuerzo, con un anzuelo invisible, hubiera halado desde su memoria un pedazo estrujado de ese recuerdo.

—Tenía miedo —musitó.

—¿Miedo? —Leonor no comprendía a qué se estaba refiriendo.

—La ciudad era muy chiquita y ellos eran hombres, ¿entiendes?

Leonor la miró asombrada, comenzando a intuir el temor de su madre.

—Tenía miedo —repitió su madre, y una expresión de sufrimiento le robó la cara—. Miedo a la casualidad. A que algún día te encontraras a uno de esos muchachos por ahí. Esas cosas pasan.

Su madre murió dos años después. Fue de noche, estaba dormida, nunca despertó. Sufrió un infarto fulminante. Es la mejor forma de morir, dijo el médico. Ni siquiera se dio cuenta. A los treinta y cinco años, Leonor comenzó a vivir sola por primera vez. Al principio se sintió desorientada, no tenía ganas de volver a su casa después de trabajar. Sentía que su vida había perdido su eje, que le faltaba sentido. Pasaba horas sentada mirando hacia ninguna parte, sin pensar. Como si su cabeza fuera inútil, como si entre oreja y oreja sólo tuviera un mapa baldío. Una tarde, caminando con prisa para llegar a su casa antes del atardecer, la detuvo de pronto un libro detrás de una vitrina. En la portada aparecía un rostro de mujer sin facciones determinadas. Era una cara hueca, una mascarilla sin fondo. La silueta de una mujer que ha perdido su cuerpo, parecía descolgada, sin estructura, sin centro. *Ni hámster ni canario*, rezaba el título en grandes letras azules. La autora se llamaba Alma Briceño. Leonor no entendió qué significaba. Pero se sintió poderosamente atraída, en una repentina e inexplicable conexión con ese libro. Las epifanías, con frecuencia, al inicio son incomprensibles. Leonor entró y compró el libro. Lo apretó con su brazo contra su cuerpo hasta que llegó a su apartamento. No pudo soltarlo en toda la noche. Apenas durmió dos horas pero, al despertar, ya sentía que su existencia era distinta, que la vida podía tener al menos un significado.

Durante año y medio, Leonor asistió puntualmente a las reuniones del club. Leyó todo los libros propuestos, participó en las discusiones, pero nunca propuso un título. Cuando le tocó hacerlo, el miércoles que tuvo la oportunidad, siempre cedía su turno, se excusaba, decía que en verdad no tenía ninguna sugerencia. Con el paso de los meses, el club se había mantenido con las mismas cinco mujeres. Magaly, con sorna, solía decir que, sin lugar a dudas, era un club de lo más exclusivo. Adriana, en la misma tónica, añadía que, más que un club, era una sociedad secreta. Teresa remataba afirmando que, en realidad, sólo eran un círculo vicioso. Inés se armaba de paciencia y las dejaba repetir siempre las mismas bromas. Pero probablemente, por ser tan pocas, se empezó a dar un proceso de cercanía y unión distinto al que de seguro se hubiera dado si el club hubiera sido más grande. La confianza surgió de manera más natural y, con bastante rapidez, sin proponérselo de forma deliberada, comenzó a crearse una intimidad nueva entre todas ellas. Ocurrió desde el primer miércoles, después de la incorporación de Magaly. Estaban conversando sobre la novela de Melba Escobar. Teresa confesó que había algo que le había llamado la atención. Más que el asesinato, la trama de suspenso urdida alrededor de un crimen, a ella le había interesado el contexto en el que la novela se desarrollaba: una peluquería, un centro de estética femenina donde se juntaban y se cruzaban todas las historias. Puso un ejemplo de la página 78. Y leyó el fragmento en que una mujer habla sobre el masaje que le había dado otra mujer: "No recordaba que alguien me hubiese tocado así alguna vez". Y luego movió su rostro, despacio, mirándolas a todas:

—¿A ustedes alguna vez les ha pasado algo así? —preguntó.

Este tipo de comentarios solían irritar a Inés. Consideraba que eran digresiones. Sin embargo, las otras cuatro parecían encantadas de poder desviar la conversación de esa manera.

Ninguna había nunca sentido nada similar. Leonor reveló que ella jamás había recibido un masaje en su vida. No había tenido la experiencia ni siquiera con alguna de sus parejas ocasionales. De ahí saltaron a conversar sobre las diferencias que, en cuanto al contacto físico, había entre mujeres y hombres. ¿Por qué es normal que las mujeres se toquen o se besen entre sí? ¿Por qué es normal que se acompañen al baño? ¿Por qué, en cambio, una experiencia o situación semejante, resultaba inaceptable entre hombres? ¿Por qué un hecho determinado podía ser absolutamente natural si se daba entre mujeres pero absolutamente extraño o sospechoso si se daba entre hombres?

—Es obvio —dijo Adriana—: si dos hombres se tocan son maricones.

Y luego se rio. Sola.

—Eso lo sabemos —aclaró Teresa—. El tema es por qué dos mujeres que se tocan no son automáticamente mariconas— remarcó.

Rápidamente, Inés hacía notar su aburrimiento o su molestia. Esas discusiones le parecían simples, muy llenas de ideas manidas. No entendía o le costaba aceptar que, aun así, eran la puerta para que de vez en cuando todas pudieran desfogarse un poco, hablar de sí mismas y encontrar un instante de catarsis.

En año y medio habían leído un buen número de títulos y habían ido construyendo una relación cada vez más cercana entre ellas. En algún momento, decidieron darle prioridad en sus lecturas a escritoras latinoamericanas jóvenes. Todo era culpa de Inés. En un artículo de una revista alemana, traducido en un blog juvenil que ella a veces leía, se aseguraba que el nuevo *boom* de la literatura estaría compuesto por mujeres menores de cincuenta años y nacidas todas al sur de Tijuana.

Con ese argumento, Inés las convenció. Y así leyeron a Guadalupe Nettel, a Pilar Quintana, a Samantha Schweblin, a Enza García Arreaza, a Gabriela Alemán, a Katya Adaui, a Liliana Lara, a Fernanda Melchor, a Paulina Flores, a Selva Almada… Pero, al mismo tiempo, también comenzaron a llamarse por teléfono, a verse —juntas o por separado— en distintas condiciones y en diferentes días de la semana. El club empezó a convertirse en un espacio flexible, a no depender solamente de los libros o de los miércoles.

Al final de una reunión, Leonor de pronto anunció que quería proponer un libro. El sistema íntimo de alarmas de Inés se activó. Se le calentaron las orejas, los músculos de su cuello se templaron, una extraña picazón brotó de pronto en la palma de sus manos. Conocía bien a Leonor, trabajan juntas, sabía cuáles eran sus preferencias literarias. Pero la amabilidad y el interés de todas las otras congelaron sus aprehensiones. No pudo hacer nada. Antes de que pudiera organizar cualquier excusa, ya Leonor estaba hablando de Alma Briceño.

Lo primero que dijo es que no se sabía si ése era, en realidad, su verdadero de nombre. Inés no pudo evitar soltar un graznido y comentar que obviamente se trataba de una operación comercial, que Alma Briceño era una marca. Leonor resistió el embate y, con esfuerzo pero decidida, continuó. Los esfuerzos de Inés terminaron pareciendo un sabotaje gratuito, una actitud deplorable que sólo animaba al resto a apoyar la propuesta de Leonor.

Sí, era autoayuda. Y ella conocía perfectamente la mala fama que tenían los libros y los escritores de autoayuda.

—Pero no todos son iguales, dijo.

Y siguió hablando, cada vez con más aplomo. También los boxeadores tienen mala fama y hay algunos que son decentes, señaló. Pasa a cada rato y con muchísimas cosas, insistió. Y comenzó a hablar de su experiencia, a ofrecer argumentos. Por un momento, parecía haberse trabucado en otra mujer, en una mujer locuaz y extrovertida. De pronto, como si una compuerta interior se hubiera destrabado, hablaba y gesticulaba con vehemencia. Piensen en los curas, advirtió. ¿O es que acaso ahora todos los curas son unos degenerados que andan por la vida cogiéndose niños? ¿Son todos así? ¿No se salva ninguno? Y puso varios ejemplos de ese calibre. Pasó por los políticos, por los cantantes de reguetón, por los argentinos, por los policías... Se volvió avasallante. Mencionó el libro *Ni hámsters ni canarios*. Explicó que no se trataba de una fábula, que no era pura charlatanería. El libro partía de una investigación muy seria, de un trabajo científico coordinado por el famoso doctor Orlando Mejía Rivera, donde habían participado especialistas de diferentes lugares del mundo.

—Sólo hay —señaló—, entre todas las especies, tres animales que tienen la posibilidad física, real, de aumentar durante su vida su capacidad cerebral.

Inés dio un respingo.

—Es en serio. Pueden averiguarlo ustedes por su cuenta. Es así. Todos los animales, en general, nacen con su cerebro ya conformado, completo, definitivo. Únicamente hay tres que tienen la posibilidad de transformarlo, de hacerlo crecer, de ensancharlo, de lograr que sea mucho mayor, mucho mejor.

—¿Los hámster? —exclamó Adriana, con una equilibrada mezcla de asombro y de repulsión.

Leonor, seria y con cierto orgullo, asintió.

—Yo siempre pensé que los canarios eran unos animales tontos —musitó Teresa.

—Y el tercero —acotó Magaly, siguiendo la ruta de una deducción obvia— es el ser humano.

—Exactamente —dijo Leonor, con una sonrisa de satisfacción. Y, como si hiciera falta, recalcó—: por eso el título del libro.

Luego contó cómo Alma Briceño, de manera lúcida pero muy amena, escribía sobre la diferencia y la potencialidad que tenían los seres humanos, sobre la necesidad de usar al máximo el cerebro, centrándose sobre todo en la inteligencia emocional y en la capacidad de establecer relaciones diferentes con los demás y con el mundo.

—Pero en este club —rezongó Inés, ya sin poder aguantarse y acompañando sus palabras de un suspiro que casi parecía más bien un mugido—, nos dedicamos a leer literatura, querida Leonor. Es lo que hemos hecho siempre.

Se hizo un silencio. Todas las demás miraron a Leonor, esperando su respuesta, como si la conversación fuera un partido de tenis en cámara lenta. Leonor se tardó poco en responder.

—Eso justamente señala Alma Briceño —dijo. Y luego, con serena simpatía, añadió—: que hacer siempre lo mismo nos impide crecer. Que la tradición a veces puede ser un obstáculo para el cambio.

Y luego miró a todas las demás, con un mohín de cariño y de complicidad. En ese instante, Inés entendió que tenía perdida la batalla. Leonor habló entonces de un nuevo libro de Alma Briceño. Un libro sobre las mujeres y sobre el amor. Ella quería proponer que esa fuera la próxima lectura del club.

Cuatro votos a favor. Un voto en contra.

(A propósito de la importancia de las cicatrices)

Ese miércoles se juntaron en un lugar distinto. Magaly propuso que se vieran en su apartamento, le pareció que era una forma de aligerar las tensiones que había provocado la elección del libro. Pensó que tal vez lo mejor era que la reunión no fuera en el apartamento de Inés, en el reino de la derrotada. Nada de eso, de todos modos, impidió el conflicto. Inés carraspeó dos veces antes de que cualquiera empezara a hablar.

—Si me permiten —dijo—, puedo resumir el libro en dos palabras: una mierda.

El nuevo éxito editorial de Alma Briceño se llamaba *Te daría mi vida... ¡pero la estoy usando!* No habían tenido problema en conseguirlo. Adriana se lo había pedido prestado a una sobrina, Teresa había sacado una copia del ejemplar que Magaly había comprado. Leonor se lo dejó a Inés en su apartamento, envuelto en papel de regalo.

La palabra mierda flotó por unos segundos en medio del grupo. Todas las demás se le quedaron mirando, dudando, sin animarse a reaccionar.

—Se los juro. De verdad. ¡Es malísimo!

Las demás: silencio.

Y ella continuó. Dijo que era una basura, un bestseller de pésima calidad. Literatura básica para gente tonta. También dijo que era peor que un manual, peor que el horóscopo, peor que una mala receta de cocina, peor que cualquier otro libro de autoayuda.

Las demás: más silencio.

Y ella:

—Lo siento mucho, Leonor, perdóname pero no te miento, es más fuerte que yo. Es demasiado.

Leonor resistió ese prólogo y trató de comenzar con el suyo. Advirtió, de entrada, que aunque no había mucha información personal sobre Alma Briceño, ella había estado investigando por su cuenta con la idea de, ese miércoles, poder ofrecerles un esbozo biográfico más preciso. Se sabía que, por decisión propia, Alma Briceño vivía apartada del mundo, en algún lugar del sur de Estados Unidos.

—Es un invento de marketing, estoy segura —acotó Inés.

Leonor siguió contando, dijo que había una versión que sostenía que Alma Briceño era mexicana, que tenía cuarenta años, que en su juventud había sido una famosa cantante de neopunk y que, tras una vida alocada, llena de drogas, fama y sexo, había tocado fondo, como se dice comúnmente, y había decidido abandonar todo y comenzar una búsqueda interior.

—¡Qué linda historia! —Inés sudó ironía en la frase.

Adriana preguntó si aparte del libro que habían leído, y del libro anterior sobre los hámsters y los canarios, Alma Briceño tenía más publicaciones.

Leonor dijo que no pero que la editorial había anunciado para la primavera del año próximo su nuevo título, un libro sobre su propia historia espiritual.

—¿Cómo no se dan cuenta? —preguntó Inés, dejando de lado todo sarcasmo— ¡Es una operación de mercado! ¡Nada más!

Magaly por primera vez se sintió obligada a intervenir. Con calma pero dándole a sus palabras un énfasis de autoridad.

—Alguien pudiera opinar que todos los libros son una operación de mercado, Inés —dijo—. Ese no es el punto. Leímos esto por Leonor, porque ella lo propuso. Y porque tiene todo el derecho a proponerlo. La idea es conversar, no sabotear la reunión.

Se hizo un silencio inmediato. Inés fue la principal sorprendida. No esperaba una reacción de este tipo, mucho menos de Magaly. Por unos segundos, el silenció se volvió pastoso, incómodo. Pero Magaly giró todo su cuerpo hacia Leonor y le preguntó qué le había parecido el libro, qué había llamado su atención. Quería saber si el texto que habían leído le había gustado tanto como aquel primer libro sobre hámsters y canarios. Leonor le agradeció el apoyo con la mirada y luego comenzó a hablar. Tomó el libro, fue al índice, leyó el nombre de algunos capítulos, hizo comentarios generales y dijo que le gustaba mucho que la autora quisiera problematizar la relación entre la mujer y la sentimentalidad, entre la idea de lo femenino y la idea del amor. En un registro que iba desde la niñez hasta la madurez, Alma Briceño trataba de mostrar y de analizar cómo, en cada etapa de su existencia, cada mujer estaba invitada, cuando no conminada, a olvidarse de sí misma.

—Como si la naturaleza femenina —Leonor leyó unas líneas en la página veintitrés— se nutriera o dependiera de la capacidad de renunciar a ser ella misma. La niña obediente, la adolescente virgen, la esposa fiel, la madre abnegada… Nos enseñan que el amor es un sacrificio, que sólo podemos realizarnos entregándonos por completo, que sólo podemos ser plenamente mujeres si desaparecemos.

—La noción de lo femenino —leyó las últimas frases deteniéndose un poco más en cada palabra— está irremediablemente ligada a la inmolación.

Cerró el libro y sonrió con satisfacción. No sólo le gustaba lo que decía, también le gustaba cómo sonaba, el ritmo que tenían las palabras.

—¿Puedo decir algo? —Inés lo consultó, haciéndose la inocente pero mirando a Magaly con una leve intención provocadora. Luego, con leve teatralidad, tomó aire y comenzó—. Creo que todo eso es una sarta de lugares comunes. No hay nada novedoso, nada que no hayan dicho otras personas, de mejor manera, además.

Hizo una pausa, abrió el libro pero Adriana no se pudo contener:

—¡A mí me encantó lo de las tetas! —exclamó de pronto, con una sonrisa que parecía querer brincar y salirse de su boca.

La frase desbarató la solemnidad y dio paso a una breve algarabía donde todas hablaron a la vez, compartiendo precisamente ese fragmento del libro. Se encontraba en un capítulo dedicado al tema de la belleza, de los cánones de belleza, de la relación de cada mujer con su propio cuerpo, y de lo que Alma Briceño llamaba la "inseguridad aprendida" dentro del universo femenino. El libro contaba la experiencia de una joven de veintidós años obsesionada con la forma de sus senos. Sentía que su seno izquierdo era irregular, demasiado desigual, el pezón parecía apuntar de forma extravagante hacia arriba y hacia fuera.

—Unas tetas bizcas —dijo Adriana, aguantando la risa. Así las tenía mi hermana.

Después de contar una cantidad de peripecias, divertidas y desafortunadas, la muchacha terminaba obligando a su familia a endeudarse para poder operarse y, en un quirófano, obtener unas tetas de manufactura, comunes y simples, como todas las tetas clínicas. A partir de este caso, Alma Briceño aprovechaba para formular algunas interrogantes sobre el cuerpo de las mujeres, sobre la definición de lo bello, de lo deseable, de lo verdaderamente femenino. Al final, como en todos los finales de todos los capítulos, el libro proponía uno o varios ejercicios, de distinta índole, desafiando a quien leía, invitando a prolongar de otra manera la lectura.

—¿Ustedes lo hicieron? —preguntó Teresa, curiosa.

Todas se miraron y negaron con la cabeza. Sólo Inés sentenció: por supuesto que no.

—Yo no tengo problema —dijo Leonor.

—¡Por favor! —masculló Inés.

—Yo tampoco —comentó Teresa, mientras dejaba el libro de un lado y comenzaba a desabrochar los botones de su blusa.

Magaly las miró, extrañada. Adriana parecía paralizada, no sonreía.

El ejercicio sugería ponerse de pie cerca de un espejo. Mira tus senos, escribía la autora. Pero míralos con otra visión, de otra manera. Sin compararlos con nada. Trata de sentir que es la primera vez que los miras. ¿Cómo son? Tócalos. Suavemente. Con cariño. Piensa que no son tuyos. Es al revés: tú eres ellos. Ellos también son tu identidad. Míralos de nuevo y trata de descubrir en ellos algo original, distinto. Quizás aquello que veías antes como un error, ahora puedes verlo más bien como un milagro, es tu milagro personal, tan personal como tu voz o tu nombre. Al final, decía que el ejercicio también se podía hacer con una amiga o en grupo, que cada una podía describir cómo eran los pechos de las demás. Hay que oxigenar el cuerpo, señalaba, Alma Briceño. Hay que compartir nuestras miradas sobre él, hay que desmitificar la tiranía de la perfección femenina. ¡Atrévete!

—No puedo creer que estén planteando esto en serio —farfulló Inés, mientras veía cómo Leonor y Teresa, con sonrisas cómplices, comenzaban a quitarse sus camisas y a desabotonarse sus brasieres—. ¡Por favor! Esto es para adolescentes —advirtió. Luego miró la botella de vino y, más nerviosa, concluyó—: están borrachas, coño.

No estaban ebrias. Teresa y Leonor miraron a Magaly y a Adriana. Teresa sonrió, le restó importancia al momento.

—Es algo distinto —dijo—. Piensen que es un juego.

—Tampoco las vamos a obligar —aclaró Leonor.

—Yo voy al baño —refunfuñó Inés—, no quiero ver esto.

Magaly le indicó dónde quedaba. Al regresar, les explicó a las demás que ella entendía el ejercicio pero que le daba pena. Ya no soy una muchacha, dijo.

—Pero de eso se trata justamente, de que te reconcilies con tu cuerpo.

—Yo no estoy peleada con él —dijo Magaly.

—Pero te avergüenza.

Magaly sonrió. Miró a Adriana, quien había permanecido crispada, más retraída que de costumbre.

—Conmigo no cuenten —musitó.

—¡Sólo por un momento! —exclamó, Teresa, sonriendo— Aunque sea para fregar un poco a Inés. Está insoportable.

Ese argumento las tentó más. Quizás fue el más contundente. Leonor agregó que no tenían por qué hacer el ejercicio completo, que no iban a tocarse. Magaly dudó un segundo pero después aflojó una sonrisa y cedió. Comenzó a jalar su blusa hacia arriba, para quitársela. Adriana se mantuvo tensa, inmóvil. Teresa la miró asombrada.

—¿Y a ti qué te pasa? —inquirió—, yo pensé que tú serías la primera en quitarte la camisa. ¿Tienes miedo?

—No tengo miedo —dijo Adriana.

—¿Y entonces?

Adriana sólo dudó un segundo. Vio a Magaly desabotonándose el brasier y se decidió, aunque su cara seguía endurecida. Empezó a desabotonarse la camisa cuando ya Inés venía de regreso del baño.

—No me jodan —masculló, mientras se acercaba—, se ven patéticas.

Pero las demás ni la escucharon. El clima de la reunión había cambiado en un segundo. Todas observaban a Adriana, quien estaba dejando al aire sus pechos. Una de las copas de su brasier estaba llena de algodón. En el lugar de su seno izquierdo había una cicatriz. Todas las muecas quedaron pasmadas. Inés se sentó en silencio. Teresa bajó la cabeza, apenada. Leonor estiró su mano y la posó sobre el hombro de Adriana.

—Me operaron hace dos años —dijo, con la voz un poco ronca—. Estoy esperando que llegue la prótesis.

—No sabíamos —Magaly se sintió obligada a ofrecer una disculpa a nombre de todas.

Inés suspiró y meneó la cabeza negativamente. Adriana se fue sosegando poco a poco y, de pronto, comenzó a sonreír, recorrió con su mirada los senos de las demás.

—Ahora me estoy sintiendo mejor —comentó—. Si no hubiéramos hecho este ejercicio, quizás no les hubiera contado esto nunca —añadió.

Y ante el asombro de Inés, empezaron a hablar, cada vez con más naturalidad y fluidez sobre el tema. Adriana se desahogó y les narró todo el proceso de su operación. Mostró su cicatriz, les contó cómo el cambio había afectado también a su marido, habló sobre cómo a ella misma todavía le costaba digerir lo que había pasado, cómo le costaba mirarse y aceptar que ese hueco era suyo, que ella era también esa cicatriz.

En algún momento de la conversación, se acercó Betty. Traía en las manos una bandeja con dos platos, en uno había galletas saladas, en el otro bastones de zanahoria y apio, acompañados de una salsa de rábanos. Al verlas así, se detuvo en seco. No supo qué hacer. No supo hacia dónde mirar. Tras unos instantes, sólo atinó a dar media vuelta y regresar lo más rápidamente posible a la cocina.

(La regadera de Heráclito)

Sebastián lo había intentado todo. Hasta se había reunido con la antigua terapeuta de su madre, tratando de indagar si ella tenía alguna idea, si sabía algo sobre el club de lectura. Lamentablemente, no sabía nada. Le dijo que un poco después de ingresar al club, Magaly había dejado de ir a las sesiones semanales con ella. No la volvió a ver más nunca.

Nadie de su familia estaba al tanto de lo que su madre hacía o no hacía los miércoles en ese grupo de mujeres. Su tía Isabel, después de escuchar el relato, le restó importancia, dijo que lo más probable es que la tal Anahí Rosales estuviera mal de la cabeza.

Tampoco pudieron volver a hablar con ella, después de ese primer encuentro, Anahí Rosales rechazó cualquier otra posibilidad de acercamiento. Se negó rotundamente a recibirlos, no dio más explicaciones. Sebastián y Elisa lograron contactar al resto de la familia, pero sólo obtuvieron pistas erráticas y contradictorias. La madre de Teresa dijo que la había llamado desde Cuenca hacía dos semanas. Cuenca queda en Ecuador, se sintió en la necesidad de aclarar, y luego agregó: yo misma tuve que preguntar, no sabía dónde estaba. Una prima aseguró que hacía tres meses, Teresa le había mandado por teléfono una foto donde aparecía, sonriendo y junto a una amiga, frente a la iglesia de Saint Sulpice en París. Un tío aseguró que Teresa se encontraba, más bien, en Montreal. Dijo que hacía seis meses habían cruzado correos, ella le estaba pidiendo una referencia para un asunto de documentos, de su visa. Pero en concreto nadie en verdad sabía qué había pasado con ella, dónde estaba realmente, si era posible ubicarla o entrar en contacto con ella. Desde hacía poco menos de un año, Teresa parecía haberse evaporado.

Sebastián se sentía frustrado y estaba cada vez más ansioso. Pensaba que habían llegado a un bache, que habían caído, que no podían salir. Esa tarde daba vueltas como si la sala del apartamento fuera ese hoyo en la mitad del camino. Elisa, sentada en el sofá, lo seguía con la vista, habían gastado ya demasiadas horas tratando de imaginar otra opción, una salida. Elisa creía que quizás él estaba exagerando, que no había que dramatizar tanto la situación. ¿Qué podían estar haciendo cinco señoras de un club de lectura? ¿Qué peligro podían esconder? ¿Qué pecado podían haber cometido? Sebastián se puso de mal humor. Ella dijo que ya tenía que marcharse, se puso de pie, en plan de despedida. Pero entonces él trató de llevarla a la recámara, deslizó su mano por debajo del cinturón, apretó una de sus nalgas, la besó varias veces, queriendo desplomarse en su boca, hasta que Elisa se separó, dobló sus brazos, imponiendo distancia, y le dijo que no.

—¿Qué pasa?

Ella sonrió.

—Tú no quieres coger conmigo. Tú quieres coger.

—No entiendo. ¿Cuál es la diferencia?

—Si fueras mujer lo sabrías. Luego miró hacia su entrepierna y, sin dejar de sonreír, acotó, con complicidad.

—Estás nervioso, tenso, quieres meter y sacar a tu loco, pero nada más.

—¿Te vas a poner filosófica? —dijo Sebastián, abriendo los brazos.

Elisa se dirigió hacia la puerta y le dijo que la disculpara, que en verdad no tenía ganas.

—Hoy estoy en otro tono.

¿Otro tono?, la pregunta estalló sobre su lengua. Pero no la dejó salir. Nunca sonó. Se acercó hasta la puerta. Ella dijo lo siento y dijo otra vez no, o al revés. Pero Sebastián entendió que debía lidiar con una breve frustración. Ya habían estado varias veces juntos, él nunca más había querido hacer ninguna referencia al supuesto novio de Elisa, todo parecía estar bien, al menos hasta ese momento, hasta ese momento que le resultaba intolerable. ¿Por qué? Dio unos pasos, su respiración parecía patear dentro de su cuerpo. Es una de las experiencias más frecuentes de la vida y, sin embargo, es muy difícil de manejar. En las escuelas, en vez de matemáticas, deberían enseñar a administrar los rechazos.

—¿Es por tu novio? —se detuvo de repente y preguntó, molesto.

Elisa sonrió y le dijo que no tenía nada que ver, que en realidad en esos días estaba algo enrollada con una antigua amiga de la universidad que había regresado al país. Se habían visto en un par de oportunidades y ya se habían besado y metido mano. La iba a ver esa noche y pensaba que quizás podrían llegar a algo más.

Sebastián se quedó sin vocales. No supo qué decir. La boca, de pronto, estaba repleta de consonantes. No había manera de pronunciar nada. Sólo podía escupir letras.

—Estoy sintiendo que me atrae —concluyó Elisa.

Cuando por fin pudo organizar alguna frase, Sebastián trató de farfullar algo sobre la bisexualidad. Elisa dijo: no seas antiguo. Él entonces dijo que no era asunto de antigüedades, que era un asunto de sexo, de penes y vaginas, que quería saber a qué atenerse. Y ella dijo: no hay que atenerse a nada. La atracción es así. El deseo no siempre es igual. Y luego también dijo que las categorías como homosexualidad y heterosexualidad habían caducado. Que hablar en esos términos era tan vetusto como hablar de *casettes* o de *betamax*. Y remató refiriéndose a Heráclito, a la importancia de la filosofía, al hallazgo de saber que nadie se baña dos veces en un mismo río. A Sebastián la referencia le pareció una tontería inflada, pura pose. Y se lo dijo. Ella dijo que tal vez, que podía ser, y se fue hacia la puerta con tranquilidad.

—Lo que trato de decirte —comentó, antes de salir— es que uno nunca es igual. No siempre te gusta comer lo mismo, ¿verdad? Tampoco duermes todas las noches en la misma posición, de la misma manera. Pues lo mismo pasa con el sexo. Eso pasa con todo.

Y salió.

Sebastián tuvo que bañarse porque tocaba: ya eran las seis de la tarde. La ducha suele ser un lugar de revelaciones. Esa lluvia privada puede convertirse en un eficaz método de producción de saber. Estar desnudo bajo una regadera a veces es una sorprendente experiencia epistemológica. Cuando se quitaba, a toda prisa, el jabón, y trataba de no pensar en Elisa y en su amiga, juntas de pronto con él, bajo ese hilo de agua que tampoco nunca era el mismo; Sebastián de repente recordó que Teresa Rosales había estado presa, flaca y sucia, como si no se hubiera bañado en años, había dicho su hermana Anahí. En ese momento entendió que había una salida, una posible nueva pista.

Esa misma noche ubicó por internet a Andrés Paredes, uno de los directivos de la organización de abogados que asistía a las personas que habían sido detenidas y encarceladas por el Alto Mando. Lo llamó por teléfono y, al primer tono, se activó una contestadora que, sin ningún tipo de saludo, invitaba a dejar un mensaje. Sebastián estuvo a punto de pronunciar su nombre y su número pero luego colgó de inmediato. Al final de la noche, escuchó el aullido opaco de una alarma policial.

Al día siguiente, en el carro de su madre, fue a la sede de la organización. No llamó a Elisa, no le avisó. Quería liberarse, eso pensaba, eso se repetía internamente. Detestaba intuir que quizás sólo estaba jugando con él. ¿Quién era ella realmente? ¿Era cierta esa supuesta libertad con la que vivía su sexualidad? ¿En serio tenía un novio al que no le importaba que ella tuviera sexo con otros hombres? Con otros hombres y con otras mujeres: ¿eso también era verdad? ¿O sólo estaba presumiendo delante de él? ¿O podía ser eso una simple estrategia de seducción? ¿O quizás, más bien, una táctica para rechazarlo? ¿Quién era Elisa? ¿Qué sentía? Pensó que, quizás, si no se hubieran acostado, nada de eso estaría sucediendo. Serían un par de amigos, tan cercanos como inofensivos, tratando de ayudarse mutuamente. La vida sin deseos es muy aburrida. Eso era cierto. Pero, ¿por qué el sexo tenía que ser tan importante? ¿Por qué, en vez de ser un episodio cualquiera, tenía que convertirse siempre en una definición?

La sede era una pequeña oficina sin ventanas en la parte baja de un centro comercial donde gran parte de los locales estaban desocupados. Caminó por varios minutos junto a vitrinas vacías. La puerta estaba identificada sólo con un número pero, en el interior, había bastante movimiento, varias personas se encontraban leyendo expedientes, ordenando papeles. Lo atendió un joven que, de entrada, advirtió que no era abogado, que estudiaba antropología pero que de igual forma trabajaba como voluntario para la organización. Sebastián le explicó lo que estaban buscando: cualquier información sobre Teresa Rosales, una mujer a la que habían ayudado a salir de la cárcel hacía algún tiempo.

La ubicaron rápidamente. Los registros estaban sistematizados y actualizados. Una foto de Teresa Rosales apareció en la pantalla. También estaba su expediente, una copia de su orden de liberación y otros documentos legales, todos relacionados con su caso judicial. Sebastián consultó si había algún dato más personal, alguna seña que pudiera ayudarlo a encontrarla. El joven, por primera vez, lo miró con desconfianza y se mostró un poco receloso. Sebastián improvisó, le dijo lo primero que se le vino a la mente, que estaba haciendo un documental sobre mujeres encarceladas injustamente, que Teresa Rosales ya no se hallaba en el país y que él estaba tratando de encontrar gente que la hubiera conocido. El joven asintió y buscó entonces en un archivo más privado.

—Aquí hay un nombre y un número —dijo, sin despegar los ojos del monitor—. Es de un despacho de abogados. ¿Tienes dónde anotar?

(Violencia en la cama)

Leonor Manrique mantuvo durante muchos meses una relación con Diego Ponte. Era una relación secreta y perturbadora. Diego no sólo estaba casado, también era su jefe. Todo mal, solía repetirse Leonor de vez en cuando, como un mantra, como si supiera de antemano que ese vínculo estaba destinado a convertirse en un gran daño. Comenzó cuando ella fue seleccionada como secretaria de la directiva del despacho. En ese momento, Diego era el director general. Él le dio la noticia y, al mismo tiempo, con una leve intención galante, le hizo sentir que él, de forma personal, había sido el factor determinante en esa decisión. A Leonor, más que temer que su nuevo jefe estuviera intentando cobrarle el favor, le enfureció que Diego le arruinara la alegría que sentía por haber obtenido ese ascenso. Con un simple comentario insinuante había ensuciado su orgullo, había convertido una victoria personal en un chantaje. Indignada, se lo dijo. Diego quedó desconcertado y rápidamente reparó su error, le dio vuelta a sus palabras, pidió excusas varias veces, estrujó lo que acaba de decir hasta demostrar que todo era una simple y estúpida confusión; que por supuesto que Leonor tenía todos los méritos profesionales y se había ganado a pulso ese puesto, que así lo reconocían todos los miembros de la directiva, que la perdonara, que era su culpa, que era un error involuntario, que él —tan tonto, tan torpe, tan todo— había querido aprovechar la oportunidad para hacerle un cumplido pero que, por nada del mundo, ella debía pensar que era una proposición sexual o una asquerosa extorsión.

Y para enmendar el malentendido, la invitó a comer.

Tres semanas más tarde, se dieron su primer beso. Fue después de salir de la oficina. Diego y ella, tras una junta del directorio, se quedaron media hora más ordenando el informe y ajustando unos datos. Luego él se ofreció a llevarla a su casa. Nunca antes lo había hecho y, a cuenta del trato diario y de dos o tres comidas en un restaurante cercano, ya Leonor había distendido su sistema de defensas y había entrado en una relación cada vez más cordial y cercana.

Se negó. Diego insistió. En el fondo, a ella le daba un poco de pena que viera dónde vivía. Un carro alemán con chofer podía ser una extravagancia en esas calles del centro de la ciudad. Diego porfió tanto que seguir negándose empezó a implicar un rechazo, una ofensa. Dijo que sí. Y entonces, para su sorpresa, Diego le pidió al chofer que se fuera y él mismo se puso tras el volante. De camino al centro, le habló de su primer equívoco, con vergüenza pero también con calidez, como un tímido que finalmente se arriesga a ser él mismo. También entonces le confesó que había un origen de verdad en lo ocurrido, que siempre se había sentido atraído por ella. Le pidió perdón pero era la verdad: Leonor, me gustas mucho, dijo. Leonor, bastante nerviosa, sólo dijo: aquí es. Porque era ahí. Porque ya estaban frente a la fachada del viejo edificio donde ella vivía. Los frenos alemanes ni se sintieron. El auto se detuvo como si, más bien, estuviera descendiendo sobre la calle. Diego la miró, esperando alguna reacción. Leonor no sabía qué decir y lo dijo: no sé qué decir. Y también dijo: estoy nerviosa. Diego entonces sonrió y se acercó y suavemente la besó en los labios. Casi como si tuviera el gesto ensayado. Como si lo hubiera calcado mil veces de una película. Pero Leonor no pensó eso. Le pareció un detalle tierno, romántico. Se bajó a toda prisa, farfullando algo parecido a un buenas noches y caminó sin voltearse hacia la puerta del edificio.

A partir de ahí se hicieron amantes. O al menos así lo creía Leonor. Diego era más práctico. A partir de ahí, empezaron a tener sexo. Así lo pensaba él. Al principio, con la emoción de la novedad y el apremio de lo oculto, tuvieron encuentros vibrantes, convulsos. Se veían en un hotel de lujo a mediodía o, a veces, también al final de la tarde. Diego no era muy bueno en la cama, se movía poco y sin gracia, no estaba demasiado atento al placer que ella pudiera o deseara sentir, pero era un hombre cariñoso y elegante. Así se compensaba. Poco a poco, sin embargo, todo fue variando. Con el tiempo hasta la clandestinidad se vuelve una rutina. Y Diego comenzó a ser, cada vez más, el hombre que realmente era. Dejaron de frecuentar el hotel de lujo y de verse en restaurantes. A Diego le parecía peligroso. Empezó a querer resolver sus encuentros en la oficina, después del horario de trabajo y reproduciendo, a veces de forma infantil, algunas estereotipadas fantasías porno. Se empeñaba, por ejemplo, en que Leonor se metiera debajo de su escritorio y le obsequiara una sesión de sexo oral. También rentó un apartamento cerca del despacho. No era particularmente bonito ni estaba en el mejor edificio de la zona. Todo lo contrario. Era un estudio con una cama matrimonial, un televisor pegado a la pared, una pequeña cocina de una hornilla y una nevera chiquita donde Diego guardaba hielos y whisky. Nada más. Empezó a hacerse una costumbre que se vieran ahí. Leonor estaba cada vez más desalentada, frustrada. Sentía que ya no tenía un amante sino un esposo. Diego llegaba cansado al apartamento, ni se bañaban, se servía un trago, encendía el televisor y esperaba que ella hiciera todo lo demás.

Lo demás: un masajito, caricias, un cariñito por acá, una mamada, ponte así, muévete más, chúpame también aquí, así no: más suave, así no: más rápido, quiero venirme en tu boca.

Hasta que Leonor perdió el control.

—Yo no se los había contado antes porque me daba pena —dijo Leonor.

Y dobló su cuello hacia abajo. Evidentemente estaba avergonzada. Todas las demás la miraban con preocupación. Era un viernes y se habían reunido de emergencia en el apartamento de Inés.

—¿Qué pasó con el teléfono? —preguntó Magaly, tras una pausa que Leonor no parecía muy dispuesta a romper.

Antes de hablar, sopló largamente. Tenía las manos juntas y todos los dedos parecían apretarse. Con mucha fuerza.

—Yo no me di cuenta. No sé cómo no me di cuenta. Fue alguna de las veces que nos vimos en el apartamento. Diego me filmó.

El silencio se expandió con todo su peso entre las cinco mujeres. Las demás se miraron de reojo, disimuladamente. Leonor continuaba hablando con su vista puesta en el sueño.

—Él no se ve. Salgo yo sola —dijo—. Mamándole la verga —añadió, con la voz más quebradiza, lamentándolo.

El club de lectura continuó en silencio.

—Debe durar menos de un minuto —tras una pausa, Leonor volvió a hablar—. Pero eso fue más que suficiente.

—No entiendo —dijo Inés—. ¿Qué pasó?, ¿qué hizo Diego con ese video?

Leonor levantó la cara y les contó todo. Había pasado apenas unos días atrás. Ella llegó con un poco de retraso a la reunión de la directiva del despacho. Cuando entró a la sala de reuniones, de inmediato sintió algo extraño. No sabía cómo describirlo pero era una energía especial. Todos la estaban mirando, algunos de los presentes tenían una expresión particular. Otro parecía no poder sujetar una sonrisa detrás de sus labios. Ella pidió excusas por la demora, cerró la puerta, se dirigió hacia el asiento que siempre ocupaba, a un costado del director. Mientras caminaba, volvió a sentir el peso de todas las miradas sobre su cuerpo. Llevaba un vestido más o menos ajustado, de color gris. Empezó a ponerse nerviosa, no entendía qué estaba ocurriendo. Diego carraspeó a su lado. Se miraron, él sonrió. Buenas tardes, Leonor, dijo, con un tono que en su momento le pareció jovial pero que después le pareció indignante. Ella asintió y respondió al saludo, mientras abría él su computadora y comenzaba a buscar el acta de la junta anterior.

—¿Cuántos hombres hay en esas reuniones? —preguntó Teresa.

—No importa cuántos —respondió Leonor—. Todos son hombres. Yo soy la única mujer.

—¿Y el hijo de puta les había pasado el video a todos por teléfono?

Leonor movió la cabeza.

Lo que pasó en la reunión puede tener dos lecturas. La primera, desde la inquietud de Leonor, perpleja y nerviosa al no saber a ciencia cierta qué ocurría; la segunda, después, cuando ya sabía que cada uno de los presentes tenía al alcance de su mano unas imágenes de ella, desnuda, entregada a una felación. Cada comentario, cada frase, cada mueca... cobraba un sentido distinto en la segunda lectura. La mirada de Luis Andrés Pardo, que parecía expresar un interés curioso al principio, sólo era un guiño repugnante y libidinoso después. Los comentarios del jurista Sandro Gómez, a propósito de la importancia de la lengua, dichos reiteradamente y sin importar el tema, adquirían otra dimensión en esa segunda lectura.

—Fue el peor día de mi vida.

Todas estaban rígidas.

—¿Cómo te diste cuenta?

Cuando terminó la reunión, ella continuó sentada, anotando las últimas cosas, mientras todos iban saliendo, la mayoría se despidió con amabilidad (primera lectura), aunque luego entendió que sólo era sarcasmo (segunda lectura). Antes de que saliera Diego, ella lo detuvo, estaban solos pero igual se sintió obligada a bajar la voz, le preguntó si sabía qué pasaba, había sentido algo extraño durante toda la reunión, no entendía bien si era o no con ella. Diego sonrío cálidamente y le dijo que no se preocupara por nada, que no tenía que ver con ella, que todo estaba bien. Le dio un beso veloz en la boca y salió (primera y segunda lectura). Esa misma tarde, cuando estaba recogiendo sus cosas antes de ir a casa, se acercó una de las pasantes que con frecuencia iban rotando en el despacho. Por lo general, eran muchachas o muchachos que estaban en el último año de la universidad y acudían a pasar unos meses haciendo prácticas en el bufete.

—Se llama Jenny —dijo Leonor y miró a Inés—, trabaja con el doctor Arismendi.

Inés no dijo nada. Había escuchado todo con una expresión de piedra, seca. Conocía muy bien esa oficina, podía imaginar cada giro del relato de manera demasiado exacta.

Como suele ocurrir, uno de los directivos le mostró al resto de su equipo el video. Todos se rieron y prometieron no comentar nada con nadie. Pero uno de los abogados del equipo, quizás con algo de culpa o con intención de ganarse su confianza y poder, luego de convidarla a salir, le contó todo a la pasante. Jenny se escandalizó pero juró no revelar el secreto. Ese mismo día, esperó la hora de salida y, luego, disimulando, también esperó más, hasta que observó que Leonor comenzó a recoger sus cosas. La pasante estaba enervada, indignada, se acercó y, sin protocolos, le dijo: tú tienes que dejar a ese hombre. Leonor no entendió. Y puso cara de no entender. Jenny le dijo me da mucha pena pero también me da mucha rabia. Tú tienes que saberlo. Y Leonor, con el mismo desconcierto pero más intranquila, preguntó saber qué. Y Jenny le dijo tienes que saber lo del video. Mejor siéntate.

Leonor contó cómo había permanecido todo el trayecto con el llanto amarrado en su garganta. No quería llorar en el metro. Fueron siete estaciones, una tras otra, evitando estallar y desparramarse. Por suerte, el vagón donde iba tenía una falla eléctrica y, en algunos tramos, se quedó sin luz. Prefería el riesgo de las sombras al bochorno. Se sentía demasiado alterada y no sabía cómo aguantar, cómo mantenerse impasible. No podía dejar de pensar en lo ocurrido, en la reunión, en el video, en Diego... Sentía pinchazos dentro de su cabeza. Sentía un derrumbe de alambres debajo de sus cabellos. Y las lágrimas ahí, empujando su lengua, queriendo derribar sus párpados, tratando de colarse por su nariz. Iba apretada a su bolso, como si fuera un salvavidas.

Cuando alcanzó la calle estaba mareada. Dio un paso en falso, tuvo que apoyarse en un muro. Nunca había estado tan vulnerable. Pensó que eso era lo más cercano a una violación física que podía existir. Luego pensó que no, que eso también era de alguna manera una violación física. Luego no pensó nada más y se puso a llorar. Era imposible amarrar tanto dolor. Avanzó a tientas hasta su edificio, se encerró en su apartamento, se acostó en su cama, no llamó a nadie. Pasó varias horas acostada, con el rostro hundido en la almohada. Jamás había sentido tanta violencia. Se mordió el interior de las mejillas. No supo cómo ni en qué momento se quedó dormida. Pero fueron pocas horas. A las tres y veinte de la madrugada la despertó una pesadilla. No pudo recordar cuál era el sueño pero la zarandeó un susto y despertó como si se estuviera asfixiando, con la sensación de tener que escapar de un túnel. Fue a la nevera, bebió directamente de la jarra. Se sentó en un sillón, vio sobre la mesa el libro de Alma Briceño.

—Recordé de inmediato la discusión que tuvimos en casa de Magaly, ¿se acuerdan?

Las demás dijeron que sí. Fue el miércoles más largo en la historia del club. Hicieron de todo, hablaron de todo.

—Recordé lo del olor.

En el capítulo siete de su libro, Alma Briceño señala que una de las diferencias fundamentales entre los hombres y las mujeres es el olfato. Lo hombres no tienen. O lo tienen atrofiado. O lo tienen pero simplemente no les sirve, no les funciona igual. Es un sentido sin brújula, sin dirección. En cambio, la mujer se mueve también por los olores. Eso cruza de manera tangencial toda la dimensión de lo femenino. No deja de ser interesante —decía— que una de las utopías femeninas más frecuentes sea tener un baño propio, no verse obligadas a compartir el baño con un hombre, ni siquiera con el hombre que aman. Para muchísimas mujeres, esa es la definición del paraíso.

Alma Briceño también proponía el olfato como un elemento esencial en el deseo femenino. Se trata de una dimensión que no está presente de la misma manera en el universo masculino. No sólo tiene que ver con los cuerpos. Tiene que ver con todo. Los hombres deben entender que, a veces, la nariz puede ser tan importante como el clítoris, decía una frase destacada a media página. La autora indicaba que es probable que, entre otras, una de las razones que podía explicar la escasa fascinación de las mujeres por el género porno era el olfato. Una orgía no sólo es una orgía, también es un amasijo de sudores y secreciones, un tráfico de olores. La promiscuidad también es un asunto de aromas. En cualquier película triple equis, ahí donde los hombres sólo ven imágenes, las mujeres también ven olores.

—¿Por qué recordaste justamente esa parte?

—No lo sé. Pero fue así. Y me puse a releer el libro y no me di cuenta de la hora. Eran la siete de la mañana y yo seguía ahí.

—¿Fuiste a trabajar ese día?

—Hubieras inventado cualquier excusa, hubieras dicho que estabas enferma.

—No. No quería que sospechara nada. Yo ya estaba más tranquila.

—¡No te creo!

—Quería vengarme, lo odiaba, pero estaba más tranquila.

—¿Y entonces? ¿Qué hiciste?

—Él me mandó un mensaje de texto en la mañana. Yo le contesté como si nada. Me preguntó si nos veíamos esa noche. Y yo le dije que sí, que nos viéramos esa noche en su estudio, como siempre.

Teresa sonrió y se inclinó hacia delante. Adriana dio una palmada, admirada. Magaly sólo sonrió, discreta.

—Esperen —dijo Inés, con la certeza de ser la única que ya sabía el final del relato. Ella era quien había citado a esa reunión con carácter de urgencia.

Las otras no entendieron el tono con que Inés dijo esa palabra. También les sorprendió el intercambio de miradas que hubo luego entre las dos. Pero Leonor siguió contando: se bañó y se puso una ropa interior vaporosa, azul, sabía que le gustaba a Diego. Se entalló una falda estampada y una blusa blanca. Se maquilló con cuidado y se fue al despacho. Pasó todo el día fingiendo simpatía y buen humor. Cuando se cruzaron en el baño, Jenny la miró extrañada. Leonor se comportó como si la pasante jamás le hubiera contado nada. Incluso la trató de usted. Ignoró las miradas pícaras de la mayoría de los hombres del despacho, los codazos y comentarios en voz baja cuando ella pasaba cerca. Actuó como si ninguno de ellos existiera. Para su suerte, Diego tuvo juntas afuera todo el día, nunca se encontraron. En la noche, cuando abrió la puerta del estudio, ya Leonor estaba ahí, tendida sobre la cama, en ropa interior, mirando la televisión.

—¿Quieres que te sirva un whisky, papi? —preguntó.

—¿Le dijiste papi? —Teresa casi soltó una carcajada.

—Yo estaba demasiado furiosa. ¿Recuerdan ese pedazo del libro, casi al final, cuando Alma Briceño habla de dejar salir la rabia?

Inés resopló y miró hacia otro lado. Las demás asintieron.

—Yo había estado pensando tanto en eso. Siempre somos sumisas. Siempre aceptamos todo. "Las mujeres siempre perdonan", así se llama ese capítulo. Esa mañana esas palabras me golpearon de manera especial. Hay unas líneas, antes de los ejercicios, no sé si se acuerdan, unas líneas donde dice que es sospechoso que en el mundo haya tantos asesinos hombres y tan pocas asesinas mujeres. Y hasta da unas estadísticas.

—Yo me acuerdo bien —acotó Magaly.

—¿Sí? ¿Y recuerdas cuando dice que el silencio de las mujeres puede ser tan violento como un crimen, cuando dice que las mujeres somos violentas pero en contra nuestra, sacrificándonos?

—No entiendo —dijo de pronto Adriana, con cierto temor—. ¿Qué querías hacer? ¿Cuál era tu plan?

—Ahora pienso que fue algo infantil. Sólo quería hacerle lo mismo. Tenía mi teléfono escondido en un lugar estratégico, apuntando hacia la cama. Quería grabarlo, quería dejarlo en ridículo, darle una lección. Y para eso estaba dispuesta a decirle papi, papito, papacito, papasote, lo que fuera. Para eso estaba dispuesta a todo.

Leonor le sirvió un whisky, con poco hielo, dos hielos nada más, como le gustaba. Se puso sensual, seductora, le dijo que esa noche se sentía como una fiera, intento incluso rugir un poco. A Diego le pareció divertido, se desnudó y se sentó en la cama, invitándola a que ella se hincara y le diera una mamada. Leonor sonrió, giró, mientras fingía buscar algo, encendió la cámara de su celular y regresó con unas esposas y un pequeño látigo de cuero, le dijo que ella quería algo distinto esa noche. Diego se rio, le puso una mano en la nalga y la atrajo hacia sí, con fuerza.

—Ahí empezó a desordenarse todo mi plan —dijo Leonor. Suspiró—. He debido parar en ese momento. Pero no lo hice.

Ella sólo quería grabar un video donde él apareciera en una posición humillante, ridícula; quería grabarlo, mandárselo a la esposa, distribuirlo en el despacho, renunciar y largarse. El Diego que estaba desnudo en la cama ya no era su amante, ya no significaba nada. Había desaparecido de forma abrupta. Sólo quedaba un hombre. Un hombre con un olor espantoso. A hombre. A cuerpo, a sudor, a calle, a whisky. Olor a hombre desconocido, ajeno, a cualquiera. Diego de pronto la apretó, trató de besarla, de ponerle la mano en el sexo. Y comenzó a ponerse vulgar, a hablar sucio.

—Supongo que él pensaba que eso era bonito. O cariñoso. O que quizás me excitaba.

Pero a medida que lo iba oyendo, Leonor sentía que su ofuscación iba creciendo. Un calor vertiginoso subió desde su sexo a su garganta. No toleraba oírlo.

—Así que quieres jugar, ¿ah, perrita? ¿Y esas esposas son para mí o para ti? Porque yo sí te quiero amarrar a la cama y darte duro, puta. Darte como nunca te han dado, ¿eso te gustaría, ah?

Sintió cómo se excitaba. Lo vio tocarse el pene, queriendo endurecerlo. De pronto imaginó ese músculo erguido, abriéndose paso dentro de ella. Sintió tanto asco.

—Dale, mamacita, ¿qué esperas?

La botella cruzó el aire como si fuera pedrada de cristal.

—No sé cómo lo hice, no sé qué me pasó. Se los juro —Leonor ya no pudo hablar sin sollozar—. Me quedé ciega en ese momento. Se me voló la cabeza. Lo vi todo marrón. Lo único que sentí fue mi mano estirándose, agarrando la botella, jalándola, moviéndose a una velocidad terrible y golpeando su cabeza. Oí los cristales y grité. O eso creo. Yo sentí que tenía un alarido en los pulmones.

Y luego siguió. Ya no pudo detenerse. El primer golpe derribó a Diego y lo dejo atontado sobre la cama. Balbuceó un mi vida, todavía estupefacto, pero Leonor ya no se podía contener. El segundo golpe estalló la botella contra su cara. Y lo golpeó otra vez. No se pudo detener. Dejó caer la botella rota sobre su rostro.

—Sentí algo caliente empapando mi mano.

La cama se llenó de sangre. El color ocre de whisky y el rojo de la sangre ocuparon velozmente la sábana. Diego quedó inerte, con la boca abierta y la cara llena de vidrios.

—Ahí fue que de pronto como que recuperé la conciencia, como que volví a ser yo otra vez. Y di un grito y salté hacia atrás, espantada. No podía creer lo que había hecho.

Adriana: casi sin respiración.

Teresa: atónita, paralizada.

Magaly: lívida.

Inés dijo: Diego está muerto, tirado en la cama de ese apartamento. Por eso convoqué al club a una reunión de emergencia.

(El pasado detenido)

Sebastián fue al despacho a buscar a Inés Sánchez. Ese era el nombre que le había dado la organización de abogados voluntarios. Le informaron que Inés ya no trabajaba ahí. Había dejado el despacho hacía varios meses, con la última reducción de personal. Sebastián sintió que estaba condenado en un crucero estéril, donde cada puerto sólo era un espejismo. Le explicó su caso a la secretaria que lo atendió, le pidió por favor que lo ayudara. La mujer se conmovió y le dijo que iba a tratar de investigar. Regresó a la media hora. Le contó lo que medianamente había podido averiguar. Había más información cierta en los chismes del pasillo que en los informes oficiales.

—Igual que en el país —dijo, y miro con temor a su alrededor.

Se sabía que el despacho había realizado algún tipo de trámite relacionado con la liberación de Teresa Rosales, que Inés Sánchez había sido la encargada de llevar esa cuenta y de cobrarla. Ese podía ser el origen de la relación entre las dos mujeres. También le relató, bajando todavía más la voz, la tragedia personal de Inés Sánchez. Quizás eso fue un plus, dijo la secretaria, ya como un comentario personal. Pero ciertamente se trataba de dos mujeres enlazadas por el daño, por la crueldad oficial del Alto Mando.

—Lo único que puedo darle es esto —dijo la mujer, estirando con disimulo su mano sobre el escritorio.

En la punta de sus dedos había una tira de papel con una dirección escrita a mano.

—¡Mucha suerte! —susurró, manteniendo rígida su figura pero sonriendo con una inmensa calidez.

Pero no había manera de comunicarse con Inés Sánchez. Según una vecina, seguía viviendo en el mismo apartamento, en el mismo piso 8 del mismo edificio, pero nunca contestaba cuando tocaban a su puerta.

—Está adentro pero no abre —le susurró la vecina.

Sebastián lo intentó una vez más. Tocó el timbre en repetidas ocasiones, un sonido como de abejorro acorralado se repitió en el interior del inmueble. Luego creyó oír unos pasos. Volvió a tocar la puerta de madera, con golpes cortos, con los nudillos de su mano. Nada. Lo intentó llamándola por su nombre, sin decirle quién era pero aclarándole que sólo deseaba conversar sobre una amiga común.

Otra vez, nada.

—Es raro. Pero evidentemente esa señora no quiere hablar con nadie —dijo Elisa.

El edificio donde vive esa mujer —le explicó— está habitado a medias. La vecina me dijo que la mitad de la gente que residía en ese lugar se ha ido. Muchos se fueron del país y otros dejaron las viviendas porque, simplemente, se quedaron sin trabajo, porque ya no podían pagar la renta o porque, aunque fuera de su propiedad, tampoco podían mantenerlo, no pueden pagar la cuota del condominio ni los servicios mínimos del edificio.

Sebastián le contó también lo que le había contado la vecina: que a veces Inés Sánchez salía pero que no hablaba con nadie, que iba a algún lugar cercano o a hacer alguna diligencia, regresaba y volvía a encerrarse. La vecina era una señora mayor, como de setenta o más, le aclaró. En realidad, todas las personas que había visto en ese edificio eran viejas. Más que un condominio parecía un ancianato en quiebra.

—Así está todo —masculló entonces Elisa, con un ligero fondo de reproche en sus palabras—. Los que se pueden ir se van, a cualquier sitio, prometiendo que van a mandarle dinero a los que se quedan. Y ya. Aquí sólo se quedan los viejos y los que no podemos irnos a ningún lado.

Luego le preguntó si no valdría la pena quedarse en ese edificio, haciendo guardia, a esperar. Sebastián dijo que eso le había recomendado la vecina: esperar, advirtiéndole que podrían ser horas, que incluso era posible que Inés no saliera de su casa ese día. Sebastián estuvo un rato aguardando, conversando con la vecina. Le preguntó si sabía algo del club, si alguna vez Inés le había comentado algo. La mujer no sabía nada, no tenía idea. Recordaba que, hacía algún tiempo, a veces, algunas mujeres venían a visitar a Inés. Pero ella siempre pensó que era un grupo religioso, suponía que pasaban la tarde rezando o leyendo la biblia.

Se encontraban en una productora donde Elisa estaba empezando a editar algunas entrevistas de su documental. Era una sala pequeña. Los dueños se la rentaban a Elisa a cambio de trabajo. Pero era una buena oportunidad. Elisa lo había citado ahí. Quiero que veas algo, le había dicho. Sebastián estaba fascinado con estar, en un lugar pequeño y algo oscuro, a solas con ella. Le preguntó si lo había extrañado. Ella sonrió. Luego le dijo que él se estaba enamorando. Elisa manipuló los controles, buscando la secuencia que quería mostrarle. En el panel de pantallas, las imágenes se movían a gran velocidad.

—Me estoy enamorando de ti —dijo Sebastián.

Ella estaba intranquila, evitaba mirarlo, se concentraba en sus acciones férreamente. Hasta que por fin dio con el segmento que buscaba.

—¡Aquí está! —dijo y señaló con los labios uno de los monitores—. Mira esto.

Sebastián sintió que estaba dentro de un laberinto, que nada le salía bien, que nada simplemente le salía. Pensó que las mujeres prefieren la sutileza, incluso aunque sea cruel. Miró la pantalla sin decir nada.

La grabación registraba una conferencia en los espacios culturales de un banco durante unas jornadas tituladas Cultura y Locura. Sebastián no conocía al académico que estaba hablando pero, según lo que decía, era un especialista en el tema del suicidio. Refirió un libro de Al Álvarez titulado *El dios salvaje* y citaba con frecuencia casos de personajes famosos que habían decidido quitarse la vida.

Sebastián se sintió incómodo, se movió varias veces sobre su silla.

—Espera —dijo ella.

Y entonces, en algún momento, la cámara abandonó al conferencista y se deslizó hacia el público, mostrando a las personas que llenaban la sala y que, con rostros serios como corresponde, escuchaban con atención la charla.

Elisa con un movimiento detuvo la imagen. Giró un botón y agrandó el ángulo superior izquierdo hasta que el rostro de Magaly Jiménez se recortó perfectamente en la pantalla.

—Tu mamá estaba ahí.

Sebastián se echó hacía atrás, empujó con su espalda el respaldo de su silla. Inquieto, incómodo.

Y este evento fue año y medio antes de que se suicidara —añadió Elisa, en tono suave, prudente.

Sebastián siguió mirando, tenso, el rostro de su madre paralizado en el monitor.

—Te juro que no lo hago por mal —dijo Elisa.

—¿Y entonces por qué lo haces? —preguntó él, mirándola, molesto.

Elisa dudó un momento, vio la pantalla, lo pensó, regresó luego su mirada a Sebastián.

—No lo sé. Quizás para que lo sepas. Para que sepas que no fue por algo que pasó, que tú hiciste o no hiciste. Quizás tu madre llevaba mucho tiempo pensando en matarse.

(Oficios femeninos: limpiar las sobras)

Se organizaron de esta manera: lo primero era hacerse cargo de Diego. Se trataba de una tarea ruda, repugnante pero indispensable. Leonor, mientras tanto, debía cumplir con una faena más elegante pero igual de comprometida: simular su inocencia.

No fue fácil llegar a esta decisión. Antes, estuvieron discutiendo durante más de dos horas. ¿Acaso Leonor no había cometido un delito? ¿Acaso no debía pagar por ello? ¿No era eso lo justo, lo legal, lo decente? ¿Dónde estaba su ética? ¿O estaban pensando que matar no era algo malo, o algo tan malo? ¿Hay homicidios buenos? ¿Hay homicidios legítimos, aunque no sean en defensa propia? ¿Quién decide eso? ¿Los asesinos? ¿Era culpable o no Leonor? ¿Ayudarla a ocultar el crimen no las obligaba, de inmediato, a compartir una parte de esa culpabilidad? ¿Querían realmente ser cómplices de Leonor? ¿Hasta qué punto? ¿Hasta dónde llegaba la amistad? ¿Hasta el crimen, por ejemplo? Hablaron hasta el agotamiento. Bebieron mucha agua. Leonor fue la única que casi no dijo nada. Se mantuvo en un mutismo total. Las demás estaban llenas de dudas, intercambiaban sus fragilidades, su indecisión. Inés parecía la más decidida a apoyarla. De hecho, por eso las llamó. Adriana tenía miedo. Aunque podía comprender a

Leonor, entender sus motivos, incluso su estallido, no deseaba ir más allá. Teresa no sentía culpa, pensaba que Diego era un hijo de puta, pero temía que la policía descubriera todo y que ellas también terminaran detenidas. No quería volver a la cárcel. Magaly no dijo nada. Sólo miró a Leonor y le preguntó qué pensaba, qué quería hacer.

—Me gustaría devolver el tiempo —Leonor habló despacio, estaba fatigada—, pero es imposible.

—¿Quieres entregarte a la policía?

Leonor sólo trazó una mueca ambigua sobre su cara.

Las demás la miraron detenidamente. El aire entre ellas parecía estirarse, como si estuviera a punto de chirriar. Faltaba espacio y sobraban pulmones. Nadie sabía muy bien qué hacer.

—¿Cómo te sientes ahora? —preguntó, de pronto, Adriana, con doloroso cariño.

Leonor tardó un poco en responder.

—Es lo peor —dijo, finalmente—. No me siento mal —volvió a dudar—. Por el contrario, me siento aliviada —hizo otra pausa, bajó aún más el tono de su voz—: Te daría mi vida… ¡pero la estoy usando! —musitó y luego sonrió con melancolía—. Pensé en eso. Cuando me paré y lo vi tirado sobre la cama, lleno de sangre, recordé esas palabras.

—No creo que este sea el mejor momento para hablar de autoayuda— masculló Inés. Y luego miró a todas las demás, como queriendo forzar una respuesta—. ¿Qué vamos a hacer?

Decidieron actuar esa misma noche. Un poco antes de las doce, las cuatro fueron al estudio. Como era un edificio de oficinas, pensaron que era la mejor hora. No había vigilante, entraron directamente por el estacionamiento. Leonor les había dado todas las llaves y les había explicado cuál era la mejor ruta para entrar y salir. Decidieron usar las escaleras y evitar, así, las únicas cámaras de seguridad que había en el edificio, ubicadas en cada pasillo, junto a las puertas de los elevadores. Por suerte, el apartamento estaba en el segundo piso. Habían comprado impermeables plásticos, oscuros y con capuchas. Los traían puestos. Parecían una brigada especial, uniformada. Subieron en silencio. Se detuvieron frente a la puerta, intercambiaron rápidas miradas. Estaban demasiado nerviosas. Sentían pinchazos de frío dentro de sus cuerpos.

—Pónganse los guantes —susurró Inés.

Cada una sacó de sus bolsillos un par de guantes plásticos de color verde. Magaly extrajo de otro bolsillo varios tapabocas clínicos, de papel, y los repartió.

Inés tardó un poco en encontrar la llave indicada. Cuando por fin la puerta se dejó, el picaporte giró correctamente y pudieron entrar. Se tropezaron un poco, apuradas, torpes, intranquilas. Quedaron a oscuras y en silencio. No vayan a gritar, dijo Inés mientras tanteaba el muro, buscando un interruptor.

Una luz blanca cayó de golpe sobre el cadáver de Diego.

Todas se tragaron un grito. Instintivamente se agarraron: la mano, un brazo, el hombro. Paralizadas miraron la escena. Su color era demasiado pálido, la sangre estaba seca. En un ojo parecía haberle nacido un brócoli muy pequeño. En la comisura izquierda de sus labios, tenía espuma color naranja.

—Yo no voy a poder con esto —susurró Adriana, conteniendo una arcada.

—No tenemos tiempo para pendejadas —sentenció Inés—. Vamos, pues —dijo, comenzando a sacar diversos tipos de detergentes—, ¡operación limpieza!

La batalla femenina en contra de lo sucio puede encontrar una dimensión perfecta en la escena de un crimen. El desafío es máximo. El ansia se multiplica.

Después de hundir el cadáver de Diego en una bolsa industrial de basura, trabajaron durante dos horas. Al principio estaban nerviosas, apremiadas, pero poco a poco se fueron serenando, como si la propia acción pudiera regalarles algo de calma. En un momento, incluso, empezaron a sentir que lo disfrutaban. Eran cuatro amigas limpiando un pequeño departamento. Bajar a Diego dos pisos fue más trabajoso y las regresó rápidamente a la realidad. Según el plan, mientras el cadáver tropezaba y bajaba un poco a empujones por las escaleras, Leonor debería presentarse en la policía a denunciar la desaparición de su amante. Debía ofrecer un cuento sencillo. Las historias sencillas siempre son mejores, había dicho Inés. La noche anterior había quedado en cenar con su amante en un restaurante, luego irían al estudio donde solían tener sus encuentros amorosos, pero Diego jamás llegó. Tampoco se había presentado a trabajar en el despacho ese día. Ella lo había llamado en varias oportunidades y jamás lo había encontrado. Siempre saltaba la voz de la operadora diciendo que el número se encontraba apagado. Leonor tenía que hacer su mejor esfuerzo en el papel de una amante nerviosa pero también desenfadada.

Adriana sugirió que les dijera que la esposa de Diego estaba loca, que una vez había amenazado con matarlo.

Magaly dijo que quizás era un exceso, que podía levantar sospechas.

Teresa dijo que ella sobre la policía no opinaba. Mejor.

Se vieron de nuevo casi a las tres de la madrugada, en una carretera solitaria que bordeaba la ciudad por el sur. Estaban cerca de un estadio abandonado. Sacaron a Diego del coche y lo arrastraron entre las cuatro hacia el borde de la colina. Desde ahí, en días despejados, podía verse casi toda la ciudad.

A esa hora, apenas era una mancha oscura, con algunos puntos de luz, dispersos sobre ella. Rociaron la bolsa con gasolina y le prendieron fuego. Nadie fumaba pero, esa noche, todas traían cerillos. Las llamas se alzaron rápidamente. Tenían un tono azul. Las cinco mujeres se miraron un instante. Era difícil leer sus miradas, saber qué pensaba o qué sentía cada una. En el centro del club, volviéndose humo, Diego seguía oliendo mal.

Leonor se presentó en el despacho al día siguiente. Con maquillaje disfrazó las pocas horas de sueño y, con bastante esfuerzo, actuó con toda normalidad. Se presentó con dos de los directivos y preguntó si habían visto a Diego. Nadie lo había visto. También la familia estaba preocupada. Su esposa había llamado varias veces. Por la tarde, ya la preocupación se había propagado. Muchos temían un secuestro pero, hasta el momento, nadie había aparecido a pedir un rescate. El club había preparado varias alternativas para cubrir a Leonor. Inés sería su coartada. Había trabajado en el despacho, eran amigas de hace años. Ante cualquier sospecha, Leonor e Inés habían estado juntas, en todo momento. Un exalumno de Teresa, por su parte, abrió una cuenta a nombre de Leonor en una popular red social. Alteró las fechas de manera de demostrar que la cuenta existía desde hacía dos años. En esa cuenta, Adriana, Magaly y Teresa se pasaron toda una tarde colgando otros pequeños videos de sexo explícito e inventando diversas interacciones con muy distintos seguidores.

No soy prostituta, sólo me gusta exhibirme, rezaba la presentación debajo de una sonriente foto de Leonor. Todo parecía estar controlado. Pero al final de la tarde, la esposa de Diego se presentó en el despacho. Era una mujer delgada, elegante, quizás tendría cincuenta años. Leonor envidió la seguridad que tienen los ricos, la soltura con que se mueven en casi todos los ambientes y situaciones. Como si nada pudiera ser del todo nuevo para ellos. La esposa de Diego caminó como si el despacho fuera su pasarela particular. Cruzó junto a una esquina donde se encontraban tres socios del bufete, hablando con un experto en seguridad. Apenas la vieron, la escena pareció marchitarse. Era una imagen que envejeció en un segundo: el grupo mirando, petrificado, cómo la esposa de Diego avanzaba directamente hacia el escritorio donde estaba Leonor. Sólo los saludó con un ademán ligero y no se detuvo hasta llegar frente a ella.

—¿Dónde podemos hablar en privado? —preguntó.

Esta visita no estaba en el libreto. Leonor, tratando de camuflar su nerviosismo, la guio hasta la sala de reuniones, bajo la mirada tensa y expectante de todos los presentes. Una vez que estuvieron a solas, la esposa de Diego fue franca y directa.

—Yo sé perfectamente quién eres tú y tú, obvio, tienes que saber quién soy yo.

Leonor asintió.

—No vine a decirte —y comenzó a enumerar con fastidio— que esto es una emergencia mayor, que las dos debemos estar juntas y ninguna de esas pendejadas.

Leonor iba a decir algo pero no tuvo tiempo.

—Y te pido que tampoco tú —advirtió la mujer— vengas a decirme que Diego me quiere mucho, que siempre habla de mí.

Leonor negó con la cabeza.

—Menos mal.

Luego la mujer hizo una pausa, se tomó unos segundos para evaluarla de cerca y rápido, de un vistazo, con exactas cantidades de delicadeza y desdén.

—¿Sabes algo? ¿Él te dijo algo?

Leonor le respondió que no, le contó que habían quedado en verse hacía dos noches, que él nunca llegó, que ella comenzó a preocuparse cuando tampoco apareció en la oficina al día siguiente. La esposa de Diego no parecía prestarle mucha atención, como si nada de lo que estuviera diciendo tuviera algún valor. Leonor le contó también su ida a la policía la noche anterior. Sólo al oír esto, la mujer volteó y la miró con suspicacia.

—¿Por qué hiciste eso? —preguntó.

—No sé. Estaba nerviosa. Tenía que hacer algo y no sabía qué otra cosa hacer. Temía que lo hubieran secuestrado.

La mujer lanzó un bufido y comenzó a hurgar en su bolso.

—A ese idiota no lo secuestraron, estoy segura —dijo extrayendo de su bolso una caja de cigarrillos—, ¿aquí se puede fumar?

Leonor no supo qué decir. La mujer dijo no importa y se calzó un cigarrillo entre sus labios. Luego repitió que Diego era un idiota, un tarado, dijo también, y aseguró que su marido debía estar borracho, con alguna otra puta, de fiesta.

—¡Ojalá lo hubieran secuestrado, coño! —exclamó, mientras no cesaba de buscar con impaciencia en su bolso—. Por mí que se lo lleven y que no lo devuelvan, que le hagan lo que quieran, que lo maten —y de pronto la miró, impaciente—; ¿tú no tienes fuego, verdad?

Leonor dudó un segundo pero luego recordó, le pidió un momento, salió y volvió con su bolso, de donde sacó una caja de fósforos.

—Fíjese que, por casualidad, sí tengo —le dijo, mientras encendía un cerillo y se lo acercaba.

La llama era azul.

(El miedo a las cucarachas)

Es un ejemplo perfecto de irracionalidad.

Sebastián pensó en eso mientras avanzaba por el lavadero con una vela en la mano izquierda y un zapato en la mano derecha. Era de noche, estaba solo y deprimido, pensando en Elisa, en lo que le había dicho Elisa y en lo que no le había dicho Elisa. Su encuentro con ella en la sala de edición lo había dejado desinflado. Regresó a su casa y trató de concentrarse, se preguntó qué debía hacer, si tenía sentido seguir en esa búsqueda, si no había llegado la hora, más bien, de dejar todo como estaba y olvidarse, y volver a irse, regresar a Los Ángeles, salir de ahí. ¿Acaso eso no era lo que deseaba todo el mundo? Estaba en un país cuya única utopía era dejar de ser país.

Y entonces se fue la luz.

Se encontraba en el cuarto de servicio. Había ido a buscar velas y, al regresar, ya con una encendida en la mano, vio o creyó ver a una cucaracha cruzando frente a él. De manera instintiva, se quitó uno de sus zapatos y lo alzó con su mano en el aire, amenazante, dispuesto a todo. Dio unos pasos, atento, en guardia, recordó a su madre y pensó entonces en la irracionalidad perfecta.

En la mayoría de las mujeres, o al menos en un alto porcentaje de ellas, las cucarachas logran producir un pavor incontrolable. Es una reacción automática que, en segundos, pasa de la observación del insecto al pánico desatado. En algunas ocasiones, no se requiere ni siquiera ver al insecto, con sólo intuirlo se activa la histeria. La simple sospecha de que una cucaracha está cerca puede hacer que las mujeres se conviertan en gimnastas, dan saltos triples en el aire, algunas hasta logran volar, otras alcanzan a correr a velocidades inimaginables. Actúan como si la cucaracha fuera un animal enorme y peligroso, un sicario con seis pistolas, un asesino serial empuñando una motosierra encendida. Pero se trata de un insecto. De un diminuto y escurridizo insecto, tan aterrado y tan deseoso de huir como ellas. Las cucarachas no atacan. Ni siquiera amenazan. Tampoco se defienden. Su único peligro no está en ellas sino en el temor de sus víctimas. Su sola presencia despoja a sus enemigos de cualquier lógica, los vuelve muy vulnerables.

Magaly las odiaba. No soportaba ni siquiera que las mataran cerca de ella. El simple ruido del crujido del insecto la espantaba. Tenía que alejarse, esconderse. De niños, vivieron en una casa con un patio y un pequeño jardín. Siempre aparecía una cucaracha. Sebastián lo sabía por el grito instantáneo de su madre. No era un grito. Era un alarido. Y, al mismo tiempo, se oían pasos, muebles, ruidos de cosas… como si una jauría de hienas estuvieran persiguiendo a su madre por toda la casa. La serena y apacible mujer que Sebastián recordaba, de pronto se transformaba en una salvaje, desquiciada y violenta, que le gritaba a su padre con feroz agitación ¡mátala, Roberto! ¡Mátala! ¡Mátala!

La cucaracha, si es que estaba ahí, si es que realmente existía, se perdió entre las sombras. Sebastián salió a la sala, miró por una ventana, todo lo que podía alcanzar su vista estaba a oscuras, ni siquiera los faros de un coche se movían por las calles. La ciudad se reproducía en penumbras; de vez en cuando, en algún punto lejano, aparecía un destello. Sebastián se preguntó qué podía ser, quizás una detonación, un disparo. Poco a poco, esa mancha negra comenzó a llenarse de pequeños puntos: las velas producían un efecto mágico, convocaban a una rara belleza. Todo el mundo estaba unido en el mismo gesto, producía la misma luz de la misma manera: una pequeña gota de fuego que se repetía y se propagaba, creando un nuevo espejismo. Sebastián recordó la última conversación telefónica con su madre. Recorrió toda la sala, despacio, imaginándola en una noche así, sin electricidad. Pensó en su miedo a las cucarachas. La vio sentada en el sofá, leyendo. De vez en cuando alzaba la vista de las páginas y miraba con nerviosismo hacia todos lados. Estaba vestida con su pijama de cuadros verdes y rojos, tenía los pies sobre los cojines, evitando el contacto con el suelo, como si el sofá mismo fuera una balsa en medio de un océano lleno de cucarachas.

Se acercó a la biblioteca. Supuso que las lecturas del club estarían juntas, en un mismo estante. Y tuvo razón. Así estaban, una junto a otra, en el orden que las habían ido leyendo y discutiendo. Sebastián tomó el ejemplar que estaba al final y lo acercó a la llama de la vela: *Te daría mi vida…. ¡pero la estoy usando!* de Alma Briceño. Ese parecía ser el último libro que habían leído en el club.

Se dirigió al sofá y se sentó en uno de sus extremos. Puso el libro sobre sus rodillas y alzó la vela. Había algo perturbador en ese título. Tardó todavía unos segundos en descubrirlo hasta que, repentinamente, aconteció. Sebastián sintió un resplandor detrás de sus ojos. El título del libro parecía moverse bajo el temblor de la llama. Quizás ese efecto produjo la revelación.

Sebastián se levantó de un salto y, sin soltar el pequeño cirio, corrió hacia la recámara de su madre, buscó con torpeza y celeridad en la mesa de noche, entre una cantidad de papeles, mientras balbuceaba frases a medias, palabras torcidas, expresiones incomprensibles. Terminó recitando groserías mientras regresaba sosteniendo una hoja hasta la sala. Volvió a sentarse. Respirando con dificultad, colocó de nuevo la vela en la mesa, la encajó en una maceta diminuta que tenía un bonsái, y entonces puso en una mano la hoja y en otra mano el libro. Ahí estaba. Por fin, de la manera más simple, en la ausencia de luz, se aclaraba el misterio. Ese era el mensaje. La línea borrosa que, entre gotas, había rayado Magaly Jiménez en la tina encontraba su verdadera forma ante los ojos de Sebastián. La última frase que había escrito su madre era el título de ese libro.

(Maneras de mover las sombras)

La noticia de la desaparición de Diego Ponte salió en los periódicos. Pero no duró mucho. Tampoco los periódicos duraban demasiado. Cada vez había menos papel y cada vez, además, había menos noticias permitidas. El Alto Mando tenía una fábrica de producir verdades que funcionaba de forma permanente. No se detenía nunca. Todos los días había nuevas y distintas verdades. Pero todas eran desechables. Nadie creía en nada, nadie confiaba en nadie. Muy pronto, Diego Ponte fue uno más de los tantos casos no resueltos, abandonados debajo del mareo continuo de las televisoras. La siguiente vez que se reunieron fue en el estrecho apartamento de Leonor, en el centro de la ciudad. Llevaban ya seis miércoles sin verse y, aunque aparentaran cierta normalidad, todas estaban nerviosas. Habían compartido llamadas telefónicas, siempre crípticas y apuradas, pero nada más. Todavía la memoria de lo que habían hecho juntas se movía con agilidad entre ellas. Apenas se estaban estrenando en el difícil oficio de compartir una culpa. No es lo mismo ser cómplices de una lectura que de un asesinato.

Llegaron casi todas al mismo tiempo. Tanta puntualidad también delataba sus inquietudes. Tardaron un poco en calmarse y comenzar a hablar con sosiego, con confianza. Pero evitaron siempre mencionar directamente el hecho. Como si hablar en concreto y en voz alta sobre lo sucedido fuera inapropiado, de mal gusto. Necesitaban verse, conversar sobre lo sucedido, sentir que seguían juntas… pero, al mismo tiempo, requerían que esa experiencia se diera de forma tácita, delicada, sin evidenciar lo que realmente ocurría. Como si en realidad estuvieran conversando sobre otra cosa. La única manera de soportar su crimen era disimulándolo, atenuando sus sonidos.

Hablar de la muerte sin pronunciar la muerte.

Pero Leonor, de alguna manera, incluso en medio de ese pacto de disimulos, quería agradecerle al club todo el apoyo. Por eso insistió tanto en que vinieran a su casa. Ya no importaba nada, ya sabían realmente quién era, ya sabían de más. Les mostró su pequeño apartamento, las acomodó en la sala donde faltaban sillas, ella misma se sentó en el suelo, junto a una mesa baja donde había colocado un plato con carnes frías y otro envase redondo con aceitunas rellenas de pimiento. Además, había comprado una botella de vino. Esa atención era un tesoro, todas lo sabían. La mortadela y el jamón, las aceitunas y el vino debían haberle costado el sueldo completo de un mes a Leonor. Pero era obvio que ella estaba feliz de agasajarlas de esa forma. Sonreía y las convidaba a comer y a beber. Lo hicieron en silencio o comentando trivialidades de la vida familiar de cada quien. Adriana habló de sus hijos, Magaly contó cómo la consulta había decaído de forma drástica. Y fue Teresa quien comenzó de pronto a hablar con más soltura, sin pesar, sin rubor.

—Yo no me siento mal —dijo—. Es más —agregó—, creo que todo nos salió perfecto.

Y alzó su vaso de plástico y, con media sonrisa entre la timidez y el desafío, dijo ¡salud! Las demás se miraron y, luego, poco a poco fueron cediendo, cada una en su estilo, sin demasiado orgullo, sin jactancias, pero también tomaron sus sendos vasos y terminaron brindando.

—Es como dice Alma Briceño —comentó Teresa después de beber su trago.

No pudo terminar, Inés la cortó con un rápido: ¡no empieces, por favor! Pero ya era tarde. Teresa le preguntó a Leonor si tenía el libro cerca. Cuando lo tuvo en sus manos, buscó rápidamente entre sus páginas, se detuvo en una, abrió aún más el libro, como queriendo estirar sus bordes, y leyó un fragmento: las mujeres debemos aprender la diferencia que existe entre *la* felicidad y *una* felicidad. Tenemos que dejar de soñar en general y aprender a soñar en particular. Lo grande es lo pequeño. Teresa hizo una pausa y levantó sus ojos por encima del libro. Todas estaban expectantes, mirándola. De seguro, todas estaban recordando, pensando en lo mismo. Teresa continuó leyendo: de tanto soñar en grande, nos olvidamos de vivir en pequeño. Ahí está realmente el valor de la existencia. En los eventos concretos que nos dan poder y que nos liberan. Gracias a ellos, podemos ser nosotras mismas.

Teresa cerró el libro con un movimiento rápido, produciendo un sonido ahogado. Las demás seguían igual, atentas e inquietas. Teresa paseó su mirada sobre todas ellas, antes de confesar:

—Yo también tengo ganas. Yo necesito matar a alguien.

Adriana sintió que perdía aire. Leonor no supo qué decir. Magaly dejó su vaso de vino sobre la mesa. Inés se mantuvo en silencio, abismada, mirándola. Teresa entonces contó lo que nunca le había contado a nadie.

Ocurrió durante las protestas de hace cuatro años, no sé si las recuerdan, dijo. Pero todas las recordaban. Era imposible olvidarlas. Durante varios meses, los estudiantes de todo el país se habían movilizado. El Alto Mando actuó de manera salvaje. Mandó a la calle a los militares, a la policía, también a grupos civiles armados. Mataron a muchos, desaparecieron a otros. Detuvieron a miles de personas. El gobierno no tuvo suficientes cárceles para encerrar a tantos manifestantes. Los empezaron a aprisionar en oficinas públicas, en los estadios, en las escuelas o en los cuarteles. Mucha gente pasó meses confinada en esos lugares. Yo fui una de ellas, dijo Teresa.

Y les contó cómo un día sus estudiantes les pidieron a sus maestros que también se sumaran a una marcha. Ella y otros profesores los acompañaron. Eran muchísimos, venían de todas las facultades, también de otros centros educativos. Llenaron una de las avenidas del centro. Pero de pronto aparecieron los uniformados. Los que iban de verde, los que llevan traje policial, y los que sólo se vestían de rojo. Todos, sin embargo, usaban las mismas armas. Comenzaron con las bombas lacrimógenas, terminaron disparando contra la multitud. También tenían tanques y vehículos pesados para lanzar agua y dispersar a los manifestantes.

—De pronto todo se volvió un desorden —Teresa hablaba con vehemencia, las venas de su cuello se habían hinchado—, yo recuerdo que estaban unas estudiantes, empezamos a oír disparos, vimos una raya de humo cruzando el cielo, nos pusimos a correr. Todo el mundo corría, sin saber muy bien para dónde, pero era lo que había que hacer, correr, huir.

En un momento, fueron cercadas por un grupo de soldados. Teresa trató de hablar. Se acercó y mostró su credencial de profesora, intentó decir algo sobre la constitución y los derechos a la protesta. Lo último que recuerda es un sonido, el sonido de su nariz. El guardia al que se dirigía, de repente se quitó su casco. Teresa pensó que quería escucharla. Pero luego lo vio doblar el brazo y vio venir el casco a toda velocidad hacia sus ojos. Oyó crujir su nariz. Sintió astillas bajo sus ojos. Y de pronto todo se puso rojo.

Los meses que pasó encerrada en un recinto militar fueron los peores de su vida. Estaba encerrada en el baño de un sótano. Era un baño de oficina, con un lavamanos y un inodoro. Pero no tenía servicios, no tenía agua ni luz. Los primeros días, indignada, se desesperó, gritó, golpeó la puerta. Exigió ver a algún superior, exigió comunicación, exigió un abogado, exigió ver a un familiar, exigió comida, luz, agua. Nunca obtuvo respuesta. Pasaron los días. Nunca la sacaban de esa oscuridad pestilente. Nadie venía a verla. Cada ciertas horas, se abría la puerta y un soldado le pasaba un plato de comida. Por lo general, era arroz con algún tipo de frijol. A veces, también traía algún pellejo animal. Grasita. Teresa comía con las manos. Sentía que iba a volverse loca. Comenzó a implorar.

Yo perdí la noción de las horas y de los días, contaba. Cuando pasas tanto tiempo en una situación así terminas convirtiéndote en un animal. Hasta dejas de hablar y comienzas a gruñir. Al final me quedaba sentada junto a la puerta, mirando la rayita de luz que se colaba por debajo. Tratando de oír algún ruido, pasos, una voz lejana, imaginando cómo sería la vida allá afuera, qué pasaría.

Empezó a pensar que lo mejor era morirse. Que nadie iba a sacarla nunca de ese hoyo. Que la única salida era dejar de respirar. Entonces, como si alguien estuviera incluso vigilando sus pensamientos, la sacaron de ese lugar. El neón la castigó. No pudo caminar sin ayuda. La empujaron un poco, la llevaron casi cargada a una oficina en el piso de arriba. La sentaron en una silla. Frente a ella estaba una mujer vestida con uniforme militar. Al principio le costó distinguir sus facciones. Sólo la oía. Era una mujer robusta, tenía el cabello negro. Hablaba con sorna, con superioridad.

—¿Cómo te sientes? —le preguntó.

Teresa no supo qué responder. Estaba asustada, destruida. Pero también muy agradecida de encontrarse fuera de su baño. Trató de balbucear algo pero no pudo. Sólo asintió.

—Estás hedionda —dijo la oficial.

Teresa supuso que sonreía. Asintió de nuevo.

—Y estás metida en graves problemas —la mano de la mujer tomó unos papeles que estaban sobre la mesa. Teresa no podía ver bien, sus pupilas tardaban en recuperar alguna destreza, no se acostumbraban a la luz—. Te van a imputar por rebelión, asociación para delinquir y traición a la patria —dijo, saltando de una hoja a otra.

El sonido del papel le molestó, la aturdió un poco.

—Si te portas bien, quizás yo pueda ayudarte —dijo la mujer.

Teresa dijo que sí, nuevamente, moviendo la cabeza. Y trató de sonreír, de dar las gracias.

La trasladaron a otra oficina, más grande, sin baño pero en un piso superior. Tenía una pequeña ventana, en lo alto, donde se podía ver una franja de cielo. Le dieron un colchón y una bacinilla. Diariamente le pasaban una ración de comida y cada dos o tres días la llevaban a un baño grande, donde podía ducharse. Tenía que hacerlo delante de todo el que estuviera ahí. Una noche la llevaron a ducharse y después la regresaron.

Cuando entró en su oficina, la oficial estaba ahí. Esa vez pudo distinguirla mejor. Tendría su edad. Era una mujer fornida pero se veía que practicaba algún deporte o que iba al gimnasio. Llevaba puesto un uniforme de campaña, le sonreía. Le dijo hola y después comentó que ya se veía mucho mejor. Teresa estaba nerviosa, intimidada. Pero por fin pudo hablar. Le dijo que no entendía por qué la retenían en ese lugar, por qué estaba ahí. Porque cometiste un delito, le dijo la oficial. Estás conspirando, tratando de tumbar a un gobierno legítimo. Teresa dijo que no era así, que ella sólo había ido a la manifestación. La oficial sonrió y le dijo que era mejor que confesara. Que si ella firmaba unos papeles quizás la dejarían salir antes.

—No entiendo nada, oficial —le dijo—. De verdad.

—Y era verdad. No entendía nada. Nada de nada —repitió Teresa.

Las demás estaban impactadas. Leonor sirvió un poco más de vino en cada uno de los vasos.

—Le dije que no iba a firmar nada.

—¿Y entonces?

Teresa hizo una pausa. Pasó su lengua por sus labios.

—Me dijo que ahí había muchos hombres solos —dijo—. Que me convenía cooperar.

La violaron varias veces. No quiso sacar la cuenta, aunque piensa que fueron seis o siete. Siempre en noches diferentes. Supone que fueron oficiales o soldados, nunca quiso verlos. O simplemente su memoria borró esos rostros. Sólo recuerda a la oficial. Ella siempre estuvo presente. Y lo disfrutaba. Más aún: era ella quien organizaba y dirigía todo en esos momentos. Siempre fue de noche. La mujer entraba, moviendo sus caderas, Teresa recuerda la pistola en una cartuchera, junto a la pierna izquierda. Apenas ella oía los pasos, se retraía hacia una esquina, se agachaba, comenzaba a sentir que perdía la respiración que se mareaba. Y entonces entraba la mujer, bamboleándose, casi cantando una frase: llegó la diversión Teresa Rosales. Y luego sacaba su pistola y se la ponía cerca de la cara.

—Mira al galán que te traje hoy —algo así solía decir.

Y se quedaba ahí, junto a ella, muy cerca, mirándole la cara, sonriendo, mientras el hombre de turno la penetraba.

—Esta noche voy a pedir que te den por el culo, ¿eso te gustaría?

Teresa firmó. Firmó una confesión y también un documento donde aseguraba que, durante su permanencia en ese recinto, sus derechos humanos habían sido respetados y ella había sido tratada de acuerdo con lo que estipulaba la ley. Salió en libertad gracias a los oficios de una organización de voluntarios y de un conocido bufete de abogados. Así fue que conoció a Inés. Todavía tenía que presentarse cada semana en una comisaría y firmar un papel. No era inocente. Sólo era una culpable con ventajas.

Todas quedaron en silencio. Teresa tomó una aceituna pero la mantuvo entre sus dedos por unos segundos. Como si fuera una pequeña pelota.

—He averiguado todo sobre ella. Se llama Sonia Méndez. Sé dónde vive, conozco todas sus rutinas —las miró, seria, sombría—. Yo quiero matarla.

Teresa llevaba demasiado tiempo planificándolo. Se trataba de un suceso largamente soñado y estudiado. Como si fuera una directora de cine, que pasa mucho tiempo viviendo con sus imágenes, antes de poder filmarlas; también así Teresa ya había visto demasiadas veces la muerte de Sonia Méndez. En el club, quisieron ser menos denotativas y decidieron referirse al asunto de otra manera. Todas comenzaron a hablar de "la actividad". No fue complicado planificarla, Teresa ya tenía adelantados muchos detalles. Incluso había pensado en qué podía hacer cada una, cuáles serían sus tareas.

La actividad se realizó un sábado en la tarde. A esa hora, la oficial solía salir a pasear a sus perros, dos pekineses irritantes, por las calles cercanas a su casa, en una urbanización cercada, con vigilancia privada, en el este de la ciudad. Así vivían en general los altos funcionarios o los empleados de confianza del Alto Mando.

La mujer vestía ropa deportiva, toda combinada, de color gris y de una marca reconocida. Llevaba a los perros amarrados, con cintas que se alargaban varios metros, permitiendo que los animales pudieran alejarse y acercarse de ella a su antojo. Ella hablaba por su teléfono celular, en voz alta, como si quisiera que sus vecinos escucharan lo que decía. En la conversación, dejaba claro que tenía poder. Decía cosas como: yo le dije al Ministro que. O: eso te lo resuelvo yo, no te preocupes, yo personalmente hablo con el Capitán. Mientras, iba caminando, como si nada, mirando con ternura a sus perritos.

Leonor actuó como elemento de distracción. Con un clásico uniforme de empleada doméstica, se acercó a la caseta de vigilancia y comenzó a entablar una conversación con el empleado que estaba de guardia. Era un joven desanimado que, de inmediato, celebró la inesperada compañía. Leonor debía ser coqueta e insinuante, esa era su tarea. Mientras, a bordo de una van identificada con el logo de una empresa de encomiendas, Inés y Adriana, se detenían en la puerta de la urbanización y pedían autorización para entrar y dejar un paquete en una de las residencias. El vehículo se lo había prestado un amigo a Teresa. No tenía placas y la información comercial estaba en unas calcomanías adheribles que habían mandado a hacer con antelación. Inés llevaba una peluca, Adriana usaba lentes y una gorra.

El contrapunteo entre el deber y el placer fue rápido. El vigilante miró por encima y, con un gesto displicente, indicó que podían pasar. Leonor sonrió y le preguntó si era casado o soltero. El guardia, con una mueca pícara, respondió con otra interrogante: ¿por qué lo preguntas? Leonor volvió a sonreír.

Lo habían ensayado varias veces en un estacionamiento. Tenía que ser una operación rápida. Nuestra principal arma es la sorpresa, dijo Teresa. Y también dijo que había que prever que Sonia Méndez estuviera armada. Era una posibilidad.

A Adriana le molestaba el sudor de sus manos, sentía que el volante estaba pegajoso, eso la ponía más nerviosa. Inés iba a su lado. El revólver estaba en su regazo. Adriana miraba el arma de reojo. Al llegar a una bifurcación, Inés señaló la calle de la izquierda.

La distinguieron a lo lejos. Caminaba de espaldas a ellas, aferrada a su celular. Los animales iban un poco más adelante.

—Podríamos haberla atropellado aquí mismo.

—Ese no es el plan.

—¿Y con los perros? ¿Qué vamos a hacer con los perros?

Pasaron lentamente a su lado. Adriana la saludó, la oficial levantó su mano, devolviendo el saludo. Se estacionaron en la siguiente curva, donde no había casas. Inés se bajó y abrió la puerta trasera de la van. Adriana también descendió. Ambas se agacharon junto a la llanta posterior izquierda, observándola y gesticulando.

—¿Qué hacemos si se resiste? —preguntó Adriana, nerviosa.

Inés sólo estrujo unas s entre sus dientes, pidiéndole silencio. Uno de los perros llegó junto a ellas y comenzó a olisquearlas. Inés tenía el arma en sus manos.

La oficial llegó preguntando si pasaba algo. Cuando Inés la sintió muy cerca, se levantó abruptamente y giró levantando el arma, poniéndosela en la cara. La mujer no tuvo tiempo de reaccionar. Adriana la rodeó y le colocó una trozo de cinta adhesiva en la boca. La mujer estaba espantada, muy tensa. Pero en sus ojos había furia. Le quitaron el celular y la empujaron dentro del vehículo. Cuando empezó a resistirse, Inés la golpeó con el arma en la cabeza. Cayó desmayada como un bulto fofo. Los dos perros miraron todo sin ladrar. Ni siquiera profirieron algún sonido cuando quedaron solos y libres sobre la calle. Adriana e Inés volvieron a sus puestos. La van recorrió el camino de vuelta y pasó de nuevo por la caseta de vigilancia. Tocaron dos veces el claxon. Leonor entendió que su jornada de sensualidad había terminado.

Teresa había sincronizado también su propia coartada. Estaba en el cine con su hermana Anahí. Vieron una comedia insoportablemente estúpida y, después, se tomaron algo en un bar que estaba ubicado en el mismo centro comercial. Su hermana estaba sorprendida, la sentía distinta, pensaba que estaba mucho mejor y eso la alegraba. Teresa, feliz, cometió el único desliz de toda la actividad: le dijo a su hermana una parte de la verdad, le dijo que estaba bien porque iba a hacer justicia, porque se iba a vengar de todo lo que le habían hecho a ella. Anahí se asustó. Preguntó de qué se trataba. No entendía bien. No podía hacerlo porque ni siquiera sabía lo que realmente le había pasado en esos meses de reclusión, Teresa jamás había querido contar nada. Teresa la tomó de las manos y le pidió que se calmara. Tú ya hiciste mucho, le dijo. Con esta salida al cine, me ayudaste mucho, también le dijo. Luego le dijo que el club de lectura la estaba ayudando, que todo saldría bien. Su hermana estaba cada vez más preocupada. Teresa comprendió que había incurrido en una falta, que jamás debió comentarle nada. Le pidió que olvidara todo. Es lo mejor, le dijo.

Cuando Sonia Méndez despertó ya estaba anocheciendo. Apenas había pasado una hora desde su secuestro. Estaba encerrada en un pequeño baño, sin agua y sin luz. Se quitó el esparadrapo de la boca de un tirón y comenzó a golpear la puerta y a gritar, pidiendo que le abrieran. Nadie podía oírla. Sólo el club. Estaban en un galpón a las afueras de la ciudad. En una época, había sido una fábrica de materiales eléctricos, propiedad de la familia de Adriana. Sus padres comenzaron en ese lugar, produciendo socates y enchufes, hacía más de cincuenta años. Pero el Alto Mando la expropió, pregonando que la fábrica debía ser del pueblo. Finalmente, no fue de nadie. Al principio, la manejó una cooperativa. Luego pasó a manos de un comandante de la marina. Después quedó bajo la supervisión de una dependencia municipal. Hasta que fue abandonada y el tiempo se la tragó. Quedó convertida en una estructura fantasma.

Cuando la puerta se abrió, Sonia Méndez sólo pudo ver el cañón de una pistola frente a sus ojos. Instintivamente, dio dos pasos hacia atrás. La oscuridad no le permitía distinguir bien. Dijo que estaba dispuesta a negociar, que su familia podía pagar un rescate, que no era necesario llegar a la violencia. Su actitud era otra. Condescendiente, amable. El foco de una linterna le dio en la cara, la enceguació. Luego, el haz de luz iluminó a Teresa, era ella quien tenía el arma. Puso la linterna bajo su rostro, dejó que la oficial la reconociera.

—¿Te acuerdas de mí?

Sonia Méndez se acercó un poco más, tratando de verla mejor.

—No me interesan tus dólares.

La reconoció. Volvió a retroceder. Y comenzó a hablar, cada vez con menos seguridad, tratando de ganar tiempo y piedad. No recordaba su nombre pero sí su cara. Entendía que se trataba de un ajuste de cuentas. Trató de hablar en diferentes tonos, de manipularla de distintas formas. Le dijo que ella sólo cumplía órdenes, que alguien de más arriba le había dado instrucciones. Afirmó que, en el fondo, todo hubiera podido ser mucho peor, que ella en realidad la había ayudado.

—Yo logré que te sacaran de ese agujero de mierda, recuerda —dijo.

—Yo conseguí que te cambiaran al piso de arriba —dijo.

—Yo hice mucho para que esos abogados te sacaran —dijo.

Cada vez con un nuevo temblor en la voz.

Teresa la escuchó en silencio, con el arma en alto, sin dejar de apuntarla. Sonia Méndez le pidió clemencia. No me mates, coño, suplicó. También le prometió todo tipo de recompensas. Hasta que Teresa dio un paso adelante y tomó la pistola con sus dos manos. La movió ligeramente, apuntando hacia el vientre de la oficial. Sonia Méndez se encogió un poco sobre sí misma.

—Mira el galán que te traje —dijo entonces Teresa, imitando el tono cantarín con que la oficial la saludaba aquellas noches en el cuartel—. ¿Qué te parece si te meto esta pistola en el culo y la disparo?

Las otras cuatro habían quedado esperando en otro lugar de la bodega, lejos del baño. Era el espacio donde alguna vez había estado la maquinaria. Adriana les estaba mostrando una cavidad que, en su momento, había funcionado como foso séptico, antes de que llegara el agua corriente a la zona. Ella conocía de memoria el lugar. La mayor parte de su infancia había transcurrido en esa fábrica. El foso estaba oculto y, con los años, había quedado tapado por parte de las ampliaciones que su familia le había ido haciendo a la fábrica. En ese momento era un reducto pantanoso y oscuro. Adriana hundió una vara de madera en el suelo. Era una ciénaga.

El sonido de un balazo movió las sombras. Las mujeres se miraron en silencio.

(La paciencia en la escalera)

Sólo podía aguardar a que saliera y atajarla. No tenía otras posibilidades. Según afirmaba la vecina, Inés Sánchez salía por lo menos una vez a la semana. Eso sí —también advirtió—, siempre parecía estar de mal humor. No va a ser fácil, dijo.

Sebastián empezó a sentarse en las escaleras del piso 8 y a esperar durante horas seguidas. A veces se llevaba el libro de Alma Briceño e intentaba leerlo. Pero la mayor parte del tiempo pensaba en Elisa. Lo que le ocurría con ella no le había pasado antes con ninguna otra mujer. Eso le producía todavía más enojo. No entendía cómo había sucedido, cómo y por qué estaba así, pensando todo el tiempo en ella, en un estado de ansiedad creciente, preguntándose dónde estaría, con quién, por qué no llamaba, por qué —más aún— no respondía a sus llamadas, qué carajo estaba pasando. Era su rehén. Y no entendía cómo Elisa había logrado, en tan poco tiempo, llevarlo a esa situación. O no. O quizás era peor. Quizás él mismo había ido descendiendo, hundiéndose casi de manera voluntaria. Sebastián estaba indignado consigo mismo. Detestaba sentirse obsesionado por Elisa. Pero parecía no poder controlarlo y, entonces, la ira se multiplicaba. Sólo habían tenido sexo tres veces pero la experiencia había sido extraordinaria, memorable. Al menos para él. Eso también lo subyugaba. Era parte del sometimiento: la duda constante, la inseguridad. ¿Y si eso era justamente lo que había pasado? ¿Y si Elisa no tenía el mismo balance? ¿Y si le había mentido, por delicadeza, por cortesía, por interés? ¿Y si para ella la experiencia en cambio no había sido ni tan memorable ni tan extraordinaria?

Pensaba: tal vez por eso inventó todo aquello de la amiga que le gustaba, con la que se había besado.

Pensaba: Elisa me ha estado mandando mensajes de rechazo y no los he entendido.

Pensaba: es una puta loca que anda con cualquier tipo y ya. No le des más vueltas. Mejor así. Te ha podido hasta contagiar una enfermedad.

Pensaba: ¡y encima yo voy de idiota y le digo que me estoy enamorando!

Se ponía de pie, deseaba menear su cabeza, sacudirla de tal manera que Elisa saliera disparada por su oreja izquierda y cayera en picada ocho pisos. Necesitaba desaparecerla. Era una situación que lo hacía sentir infantil y ridículo. Lo peor, lo más absurdo, era que no podía actuar con una mínima racionalidad. A pesar de todo, al final siempre terminaba llamándola por teléfono, buscándola.

La invitó a esperar con él, a compartir un pedazo de escalera en el piso 8.

Sebastián quería hablar seriamente sobre la relación. Ella le preguntó si alguna vez había ido a una fiesta *swinger*. Él dijo no y esperó unos segundos, después se cansó de esperar y preguntó ¿por qué? Ella dijo: por saber y volvió a quedar en silencio. Él no se aguantó y le preguntó si ella sí había ido alguna vez a una fiesta *swinger*. Ella dijo: dos. Él entonces se quedó callado, comenzó a pensar que había sido una pésima idea llamarla.

Luego hablaron un rato del documental. Ella le contó de dos o tres entrevistas que había hecho, le habló de un caso en particular que la había conmovido mucho, una mujer que se fue a una ciudad lejana, a una hora en avión, y ahí, en medio de un parque solitario, se dio un tiro.

—Se disparó en el corazón —dijo—. Hasta ahora no he sabido de ninguna que se haya disparado en la cara. Eso sólo lo hacen los hombres.

Sebastián se quedó pensando. No tenía nada qué decir.

—Hasta en eso somos más sutiles —musitó.

Sebastián fue a buscar algo de comer y ella se quedó de guardia, con el libro. Cuando regresó, le comentó que había leído varios capítulos. Le pareció muy tonto, muy cursi.

—No creo que sea para mujeres que van a fiestas *swinger* —acotó él, dejando escapar unos gramos de su resentimiento.

Elisa sonrió. Mientras comían, le contó su experiencia. La primera vez fue con un novio anterior, un profesor de la facultad con el que salió durante unos meses. Era once años mayor que ella. Una noche la invitó a una fiesta en un local dedicado a los intercambios. Una pareja amiga del profesor celebraba ahí su aniversario. Habían rentado el lugar completo esa noche. Sólo se podía asistir si se estaba invitado. Era un espacio amplio y bastante bien armado. Quedaba en el segundo piso de una casa. No tenía ningún aviso, no estaba identificado de ninguna manera. Pero era indudable que se trataba de un negocio bien organizado, con garantías, que contaba con la aprobación y la protección oficial. Tenía un sistema de seguridad privada muy eficiente. El profesor le dijo que un miembro del Alto Mando iba con alguna frecuencia a ese lugar.

—No te lo voy a negar, al principio estaba nerviosa. No sabía muy bien qué podía pasar.

El lugar tenía una barra amplia, donde se servían toda clase de bebidas. Junto a ella, estaba un área más iluminada, tipo *lounge*, con sillas y sofás de diversas formas y estilos. En ese espacio comenzaban los primeros escarceos, las miradas y saludos iniciales, las presentaciones. Después, a los costados de la sala, se encontraban dos estancias conocidas como *play rooms*. Eran salas cerradas, con mayor penumbra y un volumen más alto de la música. En ellas, había camas y sofás, el ambiente era más relajado y explícito. Esa noche, Elisa y el profesor fueron dos veces a uno de los *play room*. En una de las ocasiones, interactuaron un poco con otra pareja. Pero sólo hubo besos y toqueteos entre las dos mujeres. Del resto, ella y el profesor estuvieron juntos, hicieron el amor furiosamente, con una excitación distinta, que no había sentido nunca antes.

—¿Te gustó?

—Sí. Mucho. Y además me sorprendió que me gustara tanto.

—Pero estuviste solamente con tu novio. Han podido hacer eso mismo en un hotel, ¿no?

—Es totalmente distinto. No tienes idea. Lo que más me sorprendió es que todo fuera tan natural. Es como si estuvieras en cualquier fiesta. De pronto sientes que hay muchos límites que son absurdos, ridículos; que lo normal es que la vida fuera así, más libre, sin tantos prejuicios.

Sebastián asintió. Sin mirarla.

—Fue raro, ¿sabes? Me sentí poderosa, como con una fuerza nueva, que no había sentido jamás.

La segunda vez fue con su novio actual. Él quería conocer el lugar, tener la experiencia. Acudieron al mismo local pero una noche cualquiera, como clientes. Tomaron una copa con otra pareja un poco mayor que ellos y, luego, terminaron los cuatro entre las sombras del *play room*. Elisa volvió a hablar de la libertad que se sentía, de cómo de repente la sexualidad entraba en otra dimensión, menos mitificada, más silvestre y franca, más humana. Sebastián dijo que podía entender todo eso pero que su problema era otro, más simple, más básico. Ella preguntó ¿cuál? El respondió: pudor. Ella sonrió. Él solo dijo que no le gustaba que cualquiera lo viera desnudo.

Terminaron de comer en silencio. Esperaron una hora más.

—Sebas —dijo, de repente, ella.

Jamás lo había llamado así. Esas dos sílabas produjeron un hechizo en Sebastián.

—Lo que me dijiste el otro día, eso de que te estabas enamorando, ¿es en serio?

—Completamente. Es lo que siento.

—¿Aun con todo lo que te he dicho, con todo lo que sabes sobre mí?

Sebastián se puso un poco en guardia. Temió estar entrando en una zona especial, propicia para los golpes bajos.

—¿Por qué preguntas eso? ¿Te molesta que me esté pasando eso?

Elisa volvió a sonreír. Cada vez que lo hacía, Sebastián se sentía más frágil.

—No. Para nada —dijo, sin dejar de sonreír—. Más bien me conmueve que me lo digas. No sé. Me parece femenino.

Sebastián quedó desconcertado pero no tuvo tiempo, ni siquiera, de reaccionar. Apenas oyó el crujido de la puerta alzó la vista. Inés Sánchez estaba saliendo de su apartamento.

Se la había imaginado de otra manera. Le pareció más vieja, más enjuta. Cuando sus miradas se encontraron, Inés en seguida se retrajo. Los músculos de su cara se estiraron, dándole una expresión más dura. Sebastián lo dudó un segundo.

—La estaba esperando —dijo, dócilmente.

Inés lo miró de arriba abajo, como si de pronto quisiera capturar bien su imagen para luego poder escarbar en su memoria. Elisa también se acercó.

La mujer dio vuelta a su llave, girando la cerradura de la reja que protegía la puerta. Tenía colgada del brazo una bolsa de tela.

—¿Qué quieren? —preguntó, sin mirarlos.

—Queremos hablar con usted.

Inés viró un poco el cuerpo, clavó sus pupilas en Sebastián.

—¿Sobre qué?

Sebastián tardó unos segundos, luego se colocó frente a ella.

—Soy el hijo de Magaly —respondió, sin doblar la mirada.

Inés pegó contra sus costillas el brazo donde tenía el bolso. Estuvo a punto de decir algo pero luego se arrepintió y comenzó a dirigirse hacia el elevador.

—Yo no tengo nada que hablar con ustedes —rezongó.

Con un dedo pulsó el botón de llamado. Un ruido sordo de metales se escuchó en algún piso inferior. Sebastián dio dos pasos y se puso junto a ella. Sacó su teléfono celular y se lo mostró.

—También puedo llamar a la policía —advirtió.

Elisa lo miró, sorprendida. Inés sonrió, incómoda, nerviosa. Volvió a hundir su dedo en el botón.

—No me voy a ir de aquí hasta saber exactamente qué pasó con mi madre.

Inés miró con impaciencia las dos lajas de metal cerradas frente a ella. Una luz débil anunciaba que el ascensor apenas iba por el piso 4.

—Sabemos todo lo del club.

Inés se movió de forma brusca. Lo miró desafiante. Sebastián sintió el peso de sus pupilas como dos dedales de plomo, cayendo sobre él. Las puertas del elevador crujieron al abrirse. Sebastián miró hacia adentro. El espejo estaba cuarteado. Ya no sabía qué más decir. Sólo se le ocurrió alzar el libro y ponerlo frente a los ojos de la mujer. Inés vio la portada. Sebastián esperó unos segundos. Las puertas se cerraron suavemente. Sus miradas volvieron a encontrarse. Sebastián seguía con las dos manos a media altura. En una llevaba el teléfono celular, en la otra empuñaba el libro de Alma Briceño.

Inés quedó en silencio y, después, sin abandonar su rictus severo, su expresión de gravedad, regresó muy despacio sobre sus pasos, abrió la puerta de su apartamento y, con un gesto áspero, los invitó a pasar.

(Peces y jeringas)

Ninguna preguntó qué había pasado exactamente en el baño de la fábrica. Tampoco Teresa dio alguna explicación. Lo único que las unía en ese recuerdo era el sonido del disparo. No había habido tampoco ninguna información pública sobre la desaparición de Sonia Méndez. Quizás el Alto Mando controlaba ese tipo de noticias, evitaba se publicaran para no generar miedos o ilusiones en la población. Teresa escuchó en una radio web clandestina, llamada Resistencia, que al parecer había muchos rumores de detenciones e investigaciones en el interior de las fuerzas militares. Sólo eso.

El siguiente miércoles se reunieron, como si nada, en el apartamento de Inés. Teresa llevó una botella de vino.

—¿A quién le toca elegir ahora? —preguntó Leonor.

Lo discutieron por unos minutos y decidieron que, por la rotación, le correspondía el turno a Magaly. Pero Magaly no tenía ninguna propuesta. Se quedó unos segundos pensando y dijo que, en realidad, ella todavía estaba pegada al libro de Alma Briceño. La sola mención de la autora introdujo un clima distinto. Inés alzó las cejas, conteniendo una mueca, Adriana detuvo el movimiento de llevarse un pan a la boca, Teresa y Leonor cruzaron una mirada. La circulación de las palabras entre todas, de pronto cambió. Magaly juntó sus dos manos, sin dejar de mover sus dedos.

—Yo también necesito ayuda —susurró.

Uno de los síntomas más frecuentes de cualquier enfermedad aparece con las computadoras. Es un reflejo puntual de cualquier paciente o de sus familiares. Magaly no fue la excepción. Desde que su marido recibió el diagnóstico hasta el momento de su muerte, siempre aumentando la frecuencia y el tiempo de uso del internet. Magaly estableció una nueva rutina: cada noche se sentaba frente a su monitor y se hundía en cualquier buscador de la red, tratando de conseguir nuevas informaciones sobre la enfermedad y sus posibles tratamientos. Se convirtió en una experta en la diabetes tipo 1. Pero eso no fue suficiente. Cada noche quería más y cada noche tenía más. La red establece relaciones insaciables. Si Roberto había comido menos ese día, Magaly se sentaba y, con rápidos movimientos, dejando caer la punta de sus dedos sobre las teclas, escribía: diabetes y falta de apetito. O si no: diabetes tipo 1 y falta de apetito. O si no: enfermos diabéticos y falta de apetito. O si no: todas esas mismas variables pero usando la palabra inapetencia en vez de falta de apetito. O si no: lo mismo pero con la palabra anorexia. Las posibilidades de búsqueda se multiplicaban y Magaly terminaba siempre acostándose de madrugada. Internet puede producir la misma adicción que la heroína. El día que, en una visita de rutina, el doctor recetó que Roberto comenzara a tomar una dosis pequeña de cortisona todas las mañanas, a Magaly le costó mucho esperar hasta la noche. Con una ansiedad, casi jadeante, se aferró en la tarde a su computadora y comenzó a hurgar en la red. Lo vio todo. O casi todo: siempre puede haber más. Entendió que la cortisona tiene que ser administrada, tanto para comenzar o terminar su consumo, de manera gradual. Es un antiinflamatorio poderoso, también ayuda con el apetito, pero suele tener algunas consecuencias incómodas: en algunos casos, por ejemplo, genera gran irritabilidad en los pacientes. Magaly estuvo buscando y leyendo muchas horas. Su cuerpo permaneció inclinado sobre la luz de la pantalla, como si en verdad, en cualquier momento, pudiera hundirse en ella, caer y zozobrar y terminar devorada por ese resplandor titilante.

A las dos de la mañana, cuando por fin se deslizó en su flanco de la cama, descubrió que Roberto estaba despierto. Sus ojos abiertos apuntaban hacia el techo y uno de sus brazos estaba doblado hacia atrás, suspendido entre la almohada y su cabeza.

—¿Qué haces siempre despierta hasta tan tarde? —preguntó, con más curiosidad que recriminación.

—Tonterías, mirando cosas en internet.

Roberto asintió. Ella se acercó un poco, se irguió, le dio un beso en la frente.

—¿Te sientes mal? —preguntó.

Él negó con un movimiento de cabeza pero siguió mirando hacia el techo. Magaly suspiró y regresó a su lugar, comenzó a arrellanarse.

—Hay algo que quiero pedirte —dijo Roberto, tras unos instantes.

Magaly estaba esponjando su almohada y se detuvo en seco. Leyó bien el tono en el que hablaba su marido, entendió que se trataba de algo importante.

—Pase lo que pase, yo no quiero terminar encerrado en una clínica.

Magaly sintió que le costaba tragar.

—Es lo único que quiero pedirte, Magaly. Si ocurre algo grave, si estoy muy mal, no quiero que insistan en salvarme. Odio la idea de llevar una vida artificial, rodeado de jeringas y de bolsas con suero y vitaminas.

Pasaron unos segundos en silencio hasta que ella pudo ordenar un poco algunas palabras. Le dijo que eso no dependía de ella, que además no siempre se podían tomar ese tipo de decisiones, que en coyunturas extremas no solían dejar que los pacientes o sus familiares decidieran nada.

—Por eso te lo estoy diciendo ahora; por eso te lo estoy pidiendo.

—Pero/

Roberto se movió, intemperante, la interrumpió hablando con fuerza, agitado.

—¡Es mi cuerpo, coño! ¡Es mi puta vida! ¿Acaso no puedo decidir sobre eso? ¡Antes de ser un enfermo inútil prefiero morirme! ¡Eso es todo!

Magaly se retrajo hacia su orilla de la cama. Se volteó suavemente, dándole la espalda, estiró la mano para apagar la pequeña lámpara que estaba sobre la mesa.

—Buenas noches, Roberto —musitó.

Su marido continuó en esa posición. Los dos permanecieron un minuto o dos sin moverse pero con los ojos abiertos.

—Perdóname —Roberto habló con dificultad, tratando de contener sus ganas de llorar.

No lo logró. Sollozó con rabia, con vergüenza. Magaly volteó de inmediato. Él también se movió, quedaron los dos frente a frente, acostados. Roberto encogió un poco su rostro, era obvio que la situación le daba pena.

—Perdóname tú —susurró ella—. También para mí todo esto es muy difícil.

Roberto comenzó a asentir mientras, con sus dedos, se secaba las lágrimas, apretaba con fuerza sus mejillas, como deseando borrar las lágrimas. Liquidarlas. Luego sopló con fuerza una ráfaga y puso sus manos sobre las manos de ella.

—Si esto empeora, no tiene sentido seguir vivo, Maga —susurró, con ternura.

—Pero los doctores dicen que/

—No me importa lo que digan los médicos. ¿Recuerdas lo que pasó con tu mamá?

Magaly asintió. Los últimos meses de vida de su madre habían sido una travesía aterradora por diferentes tratamientos. La medicina había terminado siendo aún más terrible y devastadora que la propia enfermedad.

—Júramelo —dijo Roberto—. Júrame que no vas a permitir que pase lo mismo conmigo. Yo no quiero vivir así.

Magaly relató su experiencia sin ahorrarse adjetivos. Tristemente, tal y como había temido Roberto, su vida se estaba mudando lentamente a un abismo lleno de píldoras y de jeringas. El único destino de la enfermedad de su marido era empeorar. Y lo hacía muy despacio. Se moría a cuenta gotas, produciendo un sufrimiento y un deterioro tan grande que, al final, la idea de su muerte terminaba siendo un deseo, una motivación. Tampoco la situación del país ayudaba. La búsqueda de medicinas, incluso a veces de médicos especialistas, representaba un desgaste adicional. Magaly había soportado con imbatible estoicismo durante mucho tiempo pero, en ese momento, ya sentía que estaba perdiendo la batalla en contra de la angustia.

—El infierno, en realidad, es una clínica —musitó.

El tratamiento que seguía Roberto Ruiz lo afectaba y con frecuencia sufría de náuseas y vómitos. Magaly había entrenado su paciencia, acompañándolo de la mejor manera durante muchas noches. Lo llevaba al baño o le colocaba una bacinilla para que pudiera arrojar sin tener que salir de la cama. En ocasiones, también tenía diarrea. Era peor porque, además, debía limpiarlo y lavarlo. Los dos se hundían en lo peor de la condición humana. Que los órganos sexuales sean los mismos órganos excrementicios es, sin duda, la peor equivocación de la naturaleza. Lo otro, ya en términos religiosos, es pensar que dios andaba distraído cuando le tocó diseñar los genitales del hombre y de la mujer.

—No soporto el olor, no puedo limpiarlo más.

Todas podían imaginar perfectamente a qué se refería. Más de una recordó la referencia al olfato femenino en el libro de Alma Briceño. Pero el lamento de Magaly tenía que ver con el simple cansancio de vivir junto a un paciente, con la terrible sensación de estar enferma sin estar enferma. Una vez, en alguna de sus hospitalizaciones, cuando el doctor Reinaldi se presentó a hablar en la habitación de la clínica, Roberto quiso estar con él a solas, le pidió a Magaly que saliera. Ella no se lo podía creer. Ella, que lo cuidaba y lo lavaba, que le limpiaba el culo, que lo abrazaba cuando gritaba y lloraba de dolor o miedo; ella que lo traía corriendo al hospital a cualquier hora, que había pasado días en pasillos de clínicas o sentada en las salas de espera de las emergencias; ella que buscaba medicinas por toda la ciudad, que peleaba con el seguro, que se enfrentaba a los departamentos de administración de los hospitales; ella tenía que salir, que irse, estaba siendo expulsada del saber, por su propio bien, estaba siendo aislada de la verdad.

—No sé si recuerdan el capítulo cuarto de/

—¡No me jodas, Magaly! —exclamó Inés, interrumpiéndola, tan indignada como sorprendida— ¿Tú también vas a citar ese libro?

El ejercicio que se planteaba en ese capítulo era muy simple. Era, según afirmaba la escritora, una experiencia eficaz de autoafirmación, una parada necesaria —señalaba— para recordarnos cotidianamente quién está en el centro de nuestra vida. El ejercicio consistía en detenerse frente a un espejo y, en voz alta, mirándose fijamente, hacerse varias preguntas: ¿Quién es la persona más importante en tu vida? ¿Quién es la persona que puede preocuparse más por ti? ¿A quién puedes querer tú más que a nadie? ¿A quién debes realmente entregarle tu vida? La autora sugería hacer una pequeña pausa entre cada pregunta, detenerse a mirar el espejo, dejar que la respuesta del espejo entrara lentamente en la conciencia, sopesar con hondura el peso y el valor de ese reflejo. El libro desarrollaba muchas preguntas, diferentes variables de las mismas interrogantes, pero todas apuntaban hacia lo mismo: debía ser sobre todo un acto de conciencia, un instrumento cotidiano para no dejarse arrollar por los otros, para no olvidarse jamás de uno mismo.

Todas quedaron unos segundos en silencio hasta que Leonor soltó una frase, como si se tratara de la única y lógica conclusión:

—Te daría mi vida…

Los tres puntos suspensivos rodaron sobre la mesa hasta detenerse cerca de las aceitunas. Teresa asintió. Magaly levantó la cara.

—Pero la estoy usando —dijo Adriana, como si estuviera completando una ecuación.

—Yo necesito más vino —masculló Inés, buscando un poco de paciencia en el fondo de su vaso.

Cuando sobrevino la siguiente crisis de su marido, Magaly llamó al club.

Esa mañana Roberto despertó demasiado temprano, sacudido por la tos. Al oír los espasmos, Magaly siguió tendida en la cama y sólo estiró la mano hacia él. Una gota de sangre sobre la camisa del piyama mojó la punta de su dedo anular. Magaly se alzó rápidamente, se desembarazó del sueño de manera eléctrica, y saltó de la cama, pronunciando varias veces el nombre de su marido, llamándolo y preguntándole qué pasa, dio la vuelta y pudo atajarlo, casi en su borde de la cama, todavía tosiendo, jadeando, tratando de respirar, en medio de la flema y de más gotas de sangre. Roberto se ciñó a ella, apretándola con sus dos brazos.

—Voy a llamar al doctor Reinaldi —dijo ella.

Él movió la cabeza, negándolo. Levantó un poco la mano izquierda y abrió su palma, pidiendo tiempo, espera.

—¡Mira cómo estás!

Roberto repitió el gesto con su mano. Dos veces. Era una súplica. Pero Magaly no la atendió. Le dijo que se calmara, que iba a la cocina a traerle un vaso de agua y, al estar ya sola, frente a la estufa, tomó su teléfono y llamó al doctor Reinaldi, le explicó la situación y él ordenó que se trasladaran de inmediato a la clínica. Después llamó a Inés. Sólo le dijo tres palabras.

Mientras iban en el carro rumbo al hospital, Roberto mantuvo una mueca severa amarrada sobre su rostro. Pero seguía tosiendo. La servilleta de papel que tenía en la mano se ponía cada vez más roja. Ninguno de los dos había tenido tiempo de cambiarse, el aroma a cama, a sobras de noche, todavía los envolvía.

—Esto no era necesario —masculló él, sin dejar de mirar hacia el frente.

El carro se detuvo en un semáforo.

—Recuerda lo que hablamos —sentenció Roberto, en la misma posición.

—¿Qué?

Más que nervioso, Roberto estaba impaciente, de mal humor. Miró un momento por la ventana hacia otro lado.

—Lo que te pedí.

—Vamos a esperar a ver qué dice Reinaldi.

—Con Reinaldi ya hablé. La vez pasada se lo dije. Le dije que no quería que me hicieran nada. No quiero ni una transfusión, coño.

Magaly pensó que el semáforo tal vez se había dañado, que la luz se había quedado encendida debajo del color rojo para siempre.

—No podemos dejarte morir —dijo, tras una pausa, apretando los dientes.

—Eso es justamente lo que te estoy pidiendo. ¡No se metan más con mi cuerpo! ¡Dejen ya de joder el trabajo de la naturaleza!

La luz se puso en verde y Magaly pisó a fondo el acelerador.

Ingresaron por emergencias. Roberto pasó dos días en la unidad de cuidados intensivos. Durante ese tiempo, sólo Inés fue a ver a Magaly y compartió horas y angustias con ella. Conoció a todas las enfermeras, habló con los doctores, dejando claro que era una amiga muy cercana. Todo era parte de la misma confabulación que habían fraguado. Cuando el cuadro general fue más estable y los médicos decidieron pasar a Roberto a una habitación, se activó entonces la fase siguiente: la actividad. Al segundo día, cuando la situación comenzaba a entrar en esa extraña normalidad dentro de un episodio crítico, decidieron que el momento de actuar había llegado. Inés fue a buscar a Magaly a las tres de la tarde. Le llevó galletas de avena caseras a las enfermeras, habló un rato con ellas, comentó lo agobiada que veía a Magaly, habló de Sebastián, de la tristeza de estar sola en una situación como ésa. Luego, como en una complicidad fraterna, les dijo que se la iba a llevar unas horas a su casa, para que se bañara y se cambiara de ropa, para que comiera algo caliente. Las enfermeras la apoyaron y dijeron que estarían especialmente pendientes de Roberto.

Magaly e Inés salieron tranquilamente por la puerta principal de la clínica. En el estacionamiento, antes de entrar al coche, Magaly de pronto pareció titubear. Estaba a punto de abrir la puerta y se detuvo. Inés se encontraba del otro lado, esperando que abriera para sentarse en el lugar del copiloto. Se miraron un instante. El techo azul del carro parecía un rectángulo de mar, frío y opaco, extendido entre ambas.

—Sabes que lo estás haciendo por él, ¿no? —dijo Inés.

Magaly asintió.

—Fue lo que te pidió.

—Bueno. Tampoco lo dijo así, tampoco dijo claramente que...

No terminó la frase. No se atrevió. Siguieron mirándose, sin variar de posición, durante unos segundos.

—¿Te quieres arrepentir?

Magaly sólo bajo su cabeza y la posó suavemente sobre el borde del techo de automóvil.

—Todavía estamos a tiempo —aclaró Inés.

Se miraron. Magaly meneó negativamente la cabeza. El mar permaneció inmóvil entre ambas.

Hora y media después, Teresa y Adriana entraron a la clínica. Llegaron con un regalo, preguntaron en la recepción por el área de maternidad. Subieron en el elevador hasta el quinto piso. Leonor había quedado fuera y estaba molesta, quería participar de alguna manera. Entonces le encargaron la insulina. No siempre era fácil conseguirla. Debía, además, comprar por lo menos dos cartuchos con pequeñas dosis, en varias farmacias dispersas por la ciudad, para alcanzar la cantidad necesaria sin levantar sospechas. En tiempos de escasez, el reto era todavía mayor. Pero Leonor se dedicó con terca vehemencia. Fue su manera de hacer contrapeso, de paliar su ausencia en el lugar de la actividad aquella tarde.

Magaly no pudo bañarse. No había agua. Se entregó a tomar café y a conversar con Inés. Estaba alterada, no podía mantenerse quieta. Iba de un lado a otro, hablaba sin parar o, repentinamente, se hundía en un silencio seco. Inés intentó apaciguarla, le cambió el café por un té natural, de yerbas, le preguntó por su infancia, trató de ponerla a pensar y a hablar de otra cosa.

Adriana y Teresa recorrieron el pasillo del quinto piso, con sus flores, sus globos y sus regalos, buscando dónde se encontraba el baño. Adriana estaba más nerviosa, movía la cabeza, queriendo mirar hacia demasiados sitios a la vez. Teresa parecía concentrada y serena.

—¿Y si nos encontramos a alguien conocido? Eso podría pasar.

—Cálmate —vio el letrero unos pasos adelante—. Ahí está. Vamos. Y ya deja de menear la cabeza de esa forma, por favor.

Entraron, confirmaron que no había más nadie, cerraron la puerta con seguro y abrieron rápidamente el regalo. Adentro había una bata médica. Adriana se la calzó rápidamente mientras Teresa rompía el papel y lo dejaba caer en el inodoro. Tuvo que repetir la acción varias veces, hasta desaparecerlo completamente. Mientras, Adriana se cambiaba el peinado frente al espejo y se aplicaba más maquillaje en el rostro. Teresa volvió a su lado, la miró a través del espejo. Le preguntó cómo se sentía, Adriana se pintaba los labios, no dijo nada. Teresa le preguntó si estaba segura, ¿podrás hacerlo?, machacó, logrando que Adriana le dedicara un vistazo feroz, conclusivo. Teresa entendió y tomó entonces su bolso, sacó una jeringa y dos cartuchos de insulina.

—Son 10 mil mililitros. Ya sabes qué tienes qué hacer.

Adriana miró la jeringa.

Mi papá me decía pececito. Magaly hablaba sobre su infancia. A Inés no le interesaba demasiado pero creía que era la manera más eficiente de distraerla, de evitar que pensara en su marido, en lo que estaba ocurriendo en la clínica. Magaly le contó que de niña, cuando la familia vivía en la vieja casona de la abuela, cada tarde ella se escurría hacia el segundo piso, buscando el baño de la recámara principal. Le encantaban sus pisos de mosaicos anchos, con dibujos azules, en el centro se encontraba una enorme bañera antigua. Parecía un hipopótamo blanco y gélido, eternamente dormido en medio de la habitación. Magaly la llenaba con agua caliente y luego se desnudaba y pasaba ahí dos horas, por lo menos, canturreando, moviéndose, disfrutando el lento cambio de temperatura que iba sufriendo el agua. Los reproches de su madre siempre fueron inútiles. A su padre la escena le parecía tan inofensiva como divertida. Mi pececito, decía. Desde ese entonces, probablemente, Magaly asoció la experiencia de la tina al placer, a la tranquilidad, a la seguridad.

Bajaron por las escaleras al tercer piso. Mientras Teresa daba vueltas por el pasillo, pendiente de que, de manera imprevista, una enfermera o un doctor quisieran entrar en la habitación; Adriana se encontraba ya adentro, enfrentada a su objetivo. No contaba con que Roberto estuviera despierto. Lo vio abrir los ojos y mirarla y sonreír un poco tontamente, como sonríe cualquiera que está acostado a un doctor que se encuentra de pie. Y además le dijo: hola, doctora, y estiró su mano, tanteando el aire, buscándola. En ese instante, Adriana sintió que algo dentro de ella se caía. Estrepitosamente y sin remedio. Vio todas sus palabras descolgadas, derrumbándose. ¿Por qué se había ofrecido? ¿Para qué?

El debate había sido largo y engorroso. Todas estaban de acuerdo en que Magaly no podía actuar directamente, no debía ser la responsable final. Pensaban que no sólo no era conveniente, que podía sufrir un ataque de nervios, que era una situación demasiado fuerte, demasiado cruda; también creían que el club debía salvarla de ese recuerdo. Esa era una parte fundamental de la actividad. Que Magaly pudiera seguir viviendo sin el tormento del recuerdo. Que pudiera olvidar, asumir que realmente su marido había tenido un desenlace natural. A la hora de decidir cómo se repartirían las tareas, Adriana saltó y, de entrada, se ofreció. Ella inyectaría la insulina. Las demás la miraron asombradas y estuvieron de acuerdo.

¿Acaso pensó que sería fácil? ¿Creyó que sólo tendría que entrar, poner la jeringa en la bolsa de suero y presionar, así de simple, de limpio, de aséptico? ¿En el fondo, ingenuamente, quiso aprovechar la oportunidad para desquitarse, para ser la protagonista, para ser una heroína, aunque fuera por una vez y de forma provisional?

Adriana estiró su mano, controlando su temblor, hacia él. Roberto la atrapó. La jeringa pesaba como si fuera un yunque dentro de la bata. Adriana contuvo la respiración, sintió que se mareaba. Roberto la haló hacia él, la obligó a agacharse, quería hablarle. Se inclinó y puso la oreja muy cerca de sus labios. Mientras lo escuchaba, sintió que estaba sudando en exceso, que tenía demasiado calor, que la bata se estaba empapando. Tomando una bocanada de aire se irguió hasta quedar de nuevo en posición vertical, sobre sus piernas. Roberto la miraba esperando una respuesta. Adriana comenzó a hablar sin mucho sentido sobre lo que tenía que hacer, que sólo había venido a poner una dosis, dijo, sin dar más detalles, mientras trataba de sacar la jeringa de su empaque y cargar los cartuchos. Pero sus manos parecían un par de iguanas abotargadas. Estaban pesadas, torpes. Adriana sentía el sudor en la nariz, en los párpados, en los labios. Quiso gritar, ponerse a llorar. Hasta que por fin el plástico cedió y logró sacar la jeringa. La levantó y extrajo el líquido de los dos cartuchos. Insertó la jeringa en la boca de la bolsa de suero y, concentrando su mirada en una pared, hundió su pulgar. No pudo volver a mirar a Roberto.

Magaly todavía estaba hablando de las bondades del agua, cuando sonó el teléfono. Era una llamada de la clínica. Debía regresar de inmediato. Su esposo acababa de morir.

Mi pececito.

(Tantas veces muerte)

—Cuéntame, entonces, ¿qué vas a decirle a la policía?

Inés acababa de hundir una bolsita de té en una taza de agua humeante. Era un lujo que rara vez se obsequiaba. Sebastián y Elisa estaban sentados frente a ella. Sobre una mesa de escasa altura, había una jarra de agua y dos vasos. Inés miraba a Sebastián con una mueca condescendiente. Él extendió un poco los brazos, buscó un ademán que pudiera sustituir a las palabras.

—¿Era una amenaza, no?

Acercó sus labios a la taza como si fuera a fumársela.

Sebastián miró a Elisa, buscando ayuda. Elisa le devolvió una mueca, no sabía cómo auxiliarlo. A veces la transparencia es una obligación. Sebastián no tuvo más remedio que ser honesto. Le contó lo que sabía, lo que había investigado, lo que intuía, lo que podía especular o sospechar. Le confesó que estaba desesperado. Que ya no tenía a dónde ir, qué más buscar. Ella era su última oportunidad. Él necesitaba saber la verdad.

Las facciones de Inés se fueron distendiendo, su actitud corporal cambió, se aflojó. En un momento, pareció incluso estar enternecida. Se apuró en tomar otro sorbo de su taza, aprovechando el movimiento para disimular.

—Solo quiero saber qué pasó —musitó, al final, Sebastián—. Por favor.

Inés se arrellanó en su butaca. Preguntó quién era Elisa. Sebastián le tomó la mano y dijo que era su novia. Inés asintió y luego les advirtió que no le gustaba que la interrumpieran. También les dijo que no tenían ni idea de lo que había pasado, que los iba a sorprender. Y además los previno: voy a confiar en ti, subrayó, mirando directamente a Sebastián. Pero si después de escucharme vas a la policía, te aseguro que terminarás preso.

—Todo empezó con un libro que aparentemente era inofensivo. En realidad era una mierda de libro y yo se los dije. Pero a todas les parecía genial, hasta tu mamá al final terminó entusiasmada.

Inés señaló el libro que Elisa tenía sobre sus piernas. Luego desvió su mirada hacia un estante y aseguró que por ahí, también, estaba su ejemplar.

—No sé si ustedes lo leyeron. Es un texto de superación personal, de esos típicos; un libro en contra del amor romántico que juega con todos esos estereotipos de la supuesta sentimentalidad femenina.

Pero luego reconoció que no sabía muy bien qué había pasado, que todavía no entendía por qué ni cómo, pero que esa lectura, y la discusión que el club fue teniendo sobre ese libro, activó de pronto otra dinámica, destapó una locura, sacó a flote dolores, rabias, deseos, delirios… Puso el ejemplo de Leonor, les habló de ella, les contó su vida y, después, sin ahorrarse ningún detalle, narró todo lo que había ocurrido con Diego Ponte.

Sebastián palideció. Elisa, primero, pensó que estaba bromeando. Luego dedujo que simplemente estaba loca, que decía disparates. Después juntó sus rodillas y dejó escapar una pregunta boba:

—¿Usted está hablando en serio?

Una mirada severa de Inés fue suficiente.

Les explicó cómo a partir de ahí la misma dinámica de ellas se había ido transformando. No dejaron de ser amigas, pero también fueron algo más: cómplices. Les contó de Teresa, de su historia en el reclusorio y del desenlace en la fábrica. Sebastián y Elisa estaban cada vez más impactados. Se miraron sin saber muy bien cómo reaccionar. ¿Qué podían hacer? ¿Irse?

Inés trató de ser franca, sin arrogancia pero también sin vergüenza. Les dijo que comprendía perfectamente su desconcierto. Ustedes querían saber la verdad del club, ¿no? Esa es la verdad. Ya no queda nadie, sólo yo, les dijo. Y a mí ya no me importa nada.

Sebastián, obviamente, quería llegar al suicidio de su madre. Elisa, abismada, miraba y escuchaba a Inés con una mezcla de espanto y de admiración.

—Aprendimos a matar —dijo Inés, de pronto, sopesando cada palabra—. Aprendimos que matar es fácil. Que no da resaca. Que no necesariamente da culpa. Que a veces hace bien.

Elisa no podía dejar de mirarla. Sin embargo, estiró suavemente su mano, buscando la mano de Sebastián.

—Aprendimos a matar —prosiguió Inés y, después, hizo una pausa, movió suavemente la cabeza, volvió a mirarlos—. Y nos gustó. Nos gustó matar.

Sebastián preguntó por el baño. Inés le indicó cómo llegar. Una vez adentro, se sentó sobre el retrete pero ni siquiera alzó su tapa. Necesitaba estar a solas un segundo, llenarse de otro aire, dejar caer su cabeza entre las cuencas de sus manos. Ya no sabía si quería o no llegar hasta la historia de su madre. Se puso de pie, se miró en el espejo. Accionó la palanca del inodoro, suponiendo que podía escucharse desde la sala. No pasó nada. No había agua. Se miró en el espejo y aun si mojarse se secó la cara con la toalla.

Cuando regresó, Elisa había cambiado de asiento, se encontraba más cerca de Inés. Parecían hablar con más confianza pero, al verlo llegar, se callaron.

—Estábamos hablando de la otra integrante del club —Elisa adelantó la frase, como si fuera una excusa.

Sebastián asintió y se sentó en el sillón que estaba desocupado. Era evidente que su interés y su ansiedad se movían en otra dirección. Sentía que Inés, soterradamente, estaba evitando el tema. Toda la conversación parecía seguir una ruta, un trazo que iba detallando a todas las otras mujeres mientras postergaba de manera permanente cualquier referencia a su madre. No entendía por qué.

Esto fue lo que Inés contó sobre Adriana Muñoz: aparentemente era la más estable del grupo, llevaba una vida que parecía sacada del manual de procedimientos de una típica mujer de clase media. Estaba casada, tenía dos hijos. Su matrimonio era más o menos mediocre y más o menos feliz. A veces es lo mismo, recalcó Inés. Elisa no pudo controlar que se les disparara una sonrisa.

Adriana había llegado al club queriendo escapar de la asfixia de su existencia. No tenía una mala relación con su marido, pero quería otra cosa, esperaba en ese momento algo más de su vida. Su marido era un hombre básico. Nada de lo que le pasaba, o de lo que ocurría a su alrededor, le generaba alguna pregunta. Era un hombre bueno pero soso. Su peor defecto era inofensivo pero letal: no tenía curiosidad. Iba al trabajo, cumplía con su deber, veía deportes en la televisión, educaba a sus hijos con gritos y órdenes, sin ningún argumento; pensaba que el sexo era la única intensidad posible entre un hombre y una mujer. Esa era la única aspiración en su vida. Quería coger más con su mujer. O quería coger más en general, en su vida, y sentía que su mujer debía resolver ese problema; que Adriana estaba ahí para eso, que ella le quedaba cerca y era gratis.

—Si yo fuera mujer sería puta —decía Adriana que siempre decía su marido.

Y se quejaba con frecuencia del poco apetito carnal que ella tenía. De vez en cuando la celaba, sospechaba que tal vez tenía algún amante. Adriana a veces cedía ante la insistencia de su esposo y tenían sexo, más o menos rápido, más o menos emocionante, más o menos sin sentido. Adriana no entendía cómo a él podía no importarle saber que ella se acostaba con él por pura obligación, por salir del trámite, por cumplir. Su marido no reparaba en ello. Después de coger, se quedaba dormido con envidiable facilidad. O, dependiendo de la hora, permanecía un rato ausente, mirando la televisión. Jamás en su vida había leído un libro. Pero era un buen hombre. Cuando Adriana estuvo enferma, su marido la acompañó de manera leal y solidaria. Se encargó de sus hijos y de ella durante todo el proceso de quimioterapia. A su manera, aun sin demasiada densidad interior, siempre fue un amigo cercano. La noche antes de que la operaran, lloró frente a ella en la habitación de la clínica y le pidió, por favor, que no se muriera.

Esa experiencia los unió mucho. Vivieron meses de mayor intimidad. Adriana se sintió reconfortada, acompañada. Luego todo volvió a ser como antes, más o menos mediocre y más o menos feliz. Así pasa. Adriana llegó al club en ese momento. Volvía a estar desesperada, necesitaba un espacio distinto, que le permitiera nutrirse para poder regresar a su propia vida. Adriana fue, junto con Leonor, la más entusiasta lectora de Alma Briceño.

—Aseguró que ese libro la había transformado por dentro. Lo digo así porque ella lo dijo así. Con esas mismas palabras.

Hizo todos los ejercicios, sabía frases de memoria, estaba realmente extasiada. Cuando Leonor mató a Diego Ponte y todas decidieron apoyarla y encubrirla, Inés comenzó a preocuparse. Vio un hilo delgado, pero muy potente, que podía enlazar esa experiencia y la futura muerte del marido de Adriana. Temió que lo peor sucedería.

¿Qué se requiere para matar a otro ser humano? ¿Un motivo? ¿Sólo eso? Inés no estaba tan segura. ¿Se necesita, además, templanza, mucha seguridad en sí mismo? Tal vez, pero Inés creía que todavía faltaba algo más. No sabía muy bien qué era. Pero Adriana no lo tenía. Un miércoles en la tarde, al final de una reunión del club, les contó la historia de un hombre que vivía en su mismo edificio. Era un tipo desagradable y violento. Vivía con una mujer, aunque no estaban casados. Sólo eran novios, dijo Adriana, no tenían hijos. Peleaban mucho. Con frecuencia se escuchaban los gritos de ambos. Un día, ella llenó el ascensor con toda la ropa de él. La tiró adentro de cualquier manera. Sucia y limpia, toda mezclada. Camisas y pantalones, calzoncillos y medias, también sacos de traje y corbatas. Era una pequeña montaña de telas dentro de un elevador. Pero él jamás las recogió. Toda su ropa se mantuvo adentro, subiendo y bajando, compartiendo el espacio con los otros vecinos. Hasta que en la mañana, misteriosamente, el ascensor amaneció nuevamente vacío.

Hace dos noches los gritos fueron distintos, les contó esa tarde Adriana. Eran más fuertes, más desesperados. Ella se quejaba y pedía auxilio. Desde cada apartamento, todos podíamos oírla claramente. Pero nadie salía. ¡Por favor! ¡Ayúdenme!, gritaba ella. ¡Me va a matar!, chillaba, llorando, desesperada. Mi marido quiso salir pero yo se lo impedí, le dije que no. ¿Y si ese tipo estaba armado? ¿Y le daba un disparo por estar metiéndose en ese lío? Otro vecino ya había llamado a la policía pero tardaban mucho en llegar. Y la mujer seguía gritando. Era horrible. Ella decía "ay" y yo me imaginaba todo. La oía pedir ayuda y me daban ganas de llorar. Yo quería arrancarme las orejas.

La policía se llevó al sujeto detenido y la mujer tuvo que ir al hospital. Tenía la cara morada y el tabique de la nariz fracturado. Pero a los tres días estaban juntos de nuevo. La mujer le pidió a los vecinos que retiraran las denuncias en contra de su novio.

Adriana dejó el cuento en alto, abierto, como esperando que el club le diera un final. Pero las demás no dijeron nada. Adriana quiso ser persistente, dijo que había que hacer algo, que un hombre así no merecía estar vivo. Inés decidió presionarla y le preguntó si, en verdad, ella quería matarlo, si era capaz de hacerlo. Adriana dijo que sí. Y citó a Alma Briceño: como mujer, puedes hacer todo lo que te propongas. A veces, sólo necesitas dar el primer paso.

—¿Ya tienes un plan? ¿Qué propones? ¿Cuál es tu primer paso? —le preguntó Inés.

Adriana enmudeció. Incluso, se ruborizó un poco. No tenía un plan. No sabía qué hacer. Sólo tenía ganas de matar.

—Eso quiere decir que Adriana no mató a nadie —Sebastián fue directo—, ¿es cierto?

Inés quedó en silencio unos instantes, indecisa. Detrás de sus ojos, de pronto, cruzó fugaz la imagen de Adriana, en un inusitado arrebato, ofreciéndose para inyectarle insulina a Roberto Ruiz.

—¿Mató o no mató a nadie, coño? —preguntó, ronco, con insistencia.

La mirada de Sebastián estaba incrustada en ella. Inés negó, moviendo la cabeza, y luego se puso de pie, con cierta premura, algo dijo sobre una píldora para la hipertensión antes de ir hacia la cocina.

Quedaron solos durante unos minutos.

—Es una loca —susurró Sebastián.

—A mí me parece fascinante —dijo Elisa, manteniendo el mismo volumen.

—¡Porque tú también estás loca! —se acercó aún más, inclinó su cabeza hasta casi tocar la de ella— ¿Te das cuenta? ¡Estamos con una asesina!

Oyeron pasos. Sebastián regresó a su posición anterior. Elisa tenía los ojos brillantes. Sebastián movió los labios, queriendo que ella los leyera. Algo trató de decir sobre su madre y sobre largarse pronto de ahí. Elisa volteó su cuerpo hacia Inés y le preguntó qué había pasado, cuándo y por qué el club había terminado.

—¿Eso tiene que ver con mi madre? —preguntó Sebastián, mirando a Elisa con firmeza, pidiéndole evitar más distracciones y queriendo centrar la conversación.

—No —dijo Inés. Lo de tu madre acaba de pasar. El club se acabó antes.

Y comenzó a hablar de sí misma. Porque yo era la próxima actividad, señaló. Yo también tenía un objetivo, dijo, poniéndose de pie e invitándolos a seguirla. Todos queremos matar a alguien, ¿no? —afirmó mientras caminaba hasta la puerta que daba al balcón.

Los dos la siguieron.

—Miren el balcón. Antes, cuando todo era normal y mi casa era una casa de familia, yo solía tener plantas aquí. Me gustaba llegar del trabajo y regarlas, así también podía ver un poco el atardecer, eso me encantaba, ver cómo la luz anaranjada iluminaba los edificios que están enfrente, del otro lado del bulevar. Tenía geranios y violetas, también cultivé en pequeñas macetas albahaca, menta y romero. A mí me fascina el olor del romero.

Explicó que cuando empezaron las manifestaciones y los militares ocuparon las calles, todo cambió. Luego aparecieron los grupos armados, dijo, y pasó lo que pasó y mi vida se volvió una mierda, no hay otra manera de decirlo, a veces la palabra mierda es la última que queda, la única que queda. Ahora en el balcón sólo tengo macetas vacías, llenas de tierra seca. Son desiertos bonsái. Mis desiertos.

Regresaron a la sala. Sebastián entendió que ya no tenía manera de callarla. En ese momento, Inés quería contar su historia: a veces me despierto en las mañanas y me cuesta diferenciar qué disparos sonaron en el sueño y qué disparos sonaron en la calle, todos son tan reales, ya no importa dónde estén. Yo creo que nos acostumbramos tanto a los disparos que ya los tenemos dentro, viviendo con nosotros, sonando, repitiéndose todo el día y toda la noche dentro de nuestros cuerpos. Yo los oigo todo el tiempo, despierta o dormida, y aunque ya esté acostumbrada, siempre me despierto, me despierto y me quedo esperando un rato, a ver si hay otro, a ver qué pasa, y siento cómo el corazón se me queda sonando en el pecho, y entonces me digo: Inés, cálmate. O: Inés, ya pasó; o simplemente: no empieces, Inés; duérmete, coño, duérmete Inés. Pero rara vez me duermo. Ahora las balas son nuestro reloj interno, como si todos lleváramos un cronómetro que va contando los disparos, y así sabemos la hora. Ese es nuestro tiempo.

El día que la mataron fue un miércoles, ¿saben? Ese es mi otro reloj. Desde ese momento, yo ando clavada con los miércoles. Por eso también los elegí para que fueran el día de reunión del club. Los miércoles me parecen distintos, los vivo de otro modo; no es que los otros días no piense en ella, no la recuerde, pero los miércoles son diferentes, se han convertido en algo especial para mí. No se cómo explicarlo. Antes era el domingo, el domingo era el día más importante, donde terminaba y empezaba la semana, el mejor día; pero después de que mataron a Irina todo se borró, desapareció, y las semanas comenzaron a girar alrededor de los miércoles. Los miércoles se convirtieron en mi domingo. Ya han pasado ciento treinta y siete, lo digo porque los voy contando, ese es mi calendario. Hace ciento treinta y siete miércoles que asesinaron a Irina. Y a veces incluso me cuesta decirlo. Se me atoran las palabras, siento algo amargo aquí. Lo digo y todavía me dan ganas de llorar.

Quizás el problema es que esos tipos siguen viniendo a esta zona. No sé qué tienen, pero esta se volvió su territorio. Pasan con sus motos, con sus camisas rojas. Yo los veo todo el tiempo. Yo he debido comprarme unos largavistas, así podría ver todo mejor, a la distancia. Mi prima Enma tiene unos, son unos prismáticos alemanes que le regaló su marido una navidad, a ella le gusta ver pájaros. Hace tiempo viajaba fuera de la ciudad con un grupo a eso mismo, iban todos en silencio, según me cuenta, a mirar los pájaros. Era como una cacería pero sin caza. Yo siempre me digo: tienes que pedirle los binóculos a la prima Enma, Inés; pero después se me olvida, como tantas cosas en la vida que uno olvida. Quién sabe. Quizás si ese miércoles hubiera tenido unos largavistas, hubiera sufrido más. Hubiera visto cómo le disparaban a Irina más cerca, mejor. Hubiera sido más doloroso. ¿Saben que la bala entró por un ojo? Hubiera tenido que ver eso. Irina como un pájaro. Recibiendo un disparo. Como en una cacería.

Yo lo tengo ubicado. Es uno de los líderes de esa pandilla. Se llama o le dicen Ronald. Pasa a menudo por aquí, a veces viene acompañado, a veces viene solo. A veces se reúnen ahí, ¿ven ese árbol? Sí, ahí, junto a la parada del bus. Se juntan, beben cerveza, se meten con la gente que pasa. Todavía a veces lo veo. Ese era el próximo objetivo del club. Pero lamentablemente todo se acabó.

Inés hizo una pausa, se sirvió agua en la misma taza donde había tomado té. Sebastián ya estaba desesperado. Se sentía entumecido. Tenía ahora el libro de Alma Briceño en sus manos.

—Mi madre dejó escritos unos mensajes.

Inés levantó la vista, más sorprendida por la forma abrupta en que intervenía que por el comentario. Eso parecía reflejar la mueca de su cara.

—Antes de morir —aclaró Sebastián. Después levantó el libro y puso su dedo sobre el título—. El último mensaje decía esto.

Inés desdobló una ambigua sonrisa.

—¿Usted sabe por qué? —Preguntó, queriendo ser enfático.

Se demoró unos instantes antes de responder.

—Tu madre fue una sorpresa para todas nosotras —dijo—. Ella se eligió como víctima.

Sebastián estaba engarrotado. Un sudor, también helado, comenzó a nacer en su frente. Inés siguió hablando con absoluta serenidad. Le dijo que a Magaly le había ido ganando lentamente la melancolía. Salía a la calle y todo le parecía gris. Sentía que la gente estaba en permanente mal humor. Que había una tristeza enorme en el aire. Que la gente caminaba sin rumbo por las calles. Que la ciudad se parecía cada vez menos a su ciudad, que era un espacio desconocido, arrasado por una guerra ajena. Tu madre empezó a sentir que todo estaba mal. Que respirar dolía. Que estar viva no tenía ningún sentido.

Sebastián se puso de pie, caminó hasta el balcón, tenía las manos estiradas, los puños cerrados. Elisa lo acompañaba con la mirada, cada vez más preocupada.

Inés contó que Magaly la llamó una mañana. Tu madre estaba muy deprimida. Me contó que todos los días se despertaba con ganas de llorar. Que se sentía seca. Seca en todos los sentidos posibles. Inés fue a verla, pasaron buena parte del día juntas.

—Ella tenía una pistola escondida en su apartamento, ¿sabías?

Sebastián volteó a verla, sorprendido.

—A mí me la enseñó. Está en su clóset. Debajo de sus vestidos. En una caja de zapatos.

Sebastián creyó que tenía adentro un precipicio. Sintió vértigo. Volvió a sentarse. Inés fingió que no veía nada, que no estaba atenta a sus reacciones. Contó que, después de esa vez, hablaban con frecuencia del tema, que incluso cuando se disolvió el club se siguieron frecuentando y de vez en cuando se visitaban y hablaban.

—Pero ella —Sebastián no pudo evitar que le temblara un poco la voz—, ella —repitió—, ¿supo algo de estos asesinatos? ¿Ella participaba en eso?

—Sí.

Sebastián resopló, soltó sus manos, como queriendo sacudir sus dedos, enterró su mirada en el suelo. Elisa, sin pensarlo, le extendió su mano. Pero su mano quedó en el aire.

—Lo siento —musitó Inés.

Y luego matizó y dijo que Magaly jamás había participado directamente en ningún homicidio, que siempre había preferido mantenerse al margen. Sólo se mató a sí misma, acotó.

Sebastián no pudo aguantarse, dejó salir su crisis, se levantó, dio pasos largos, golpes en el aire; gritó, lloró, volvió a gritar. Elisa lo seguía con la mirada, sin saber qué hacer. Inés permaneció estática, como si el revuelo que sucedía a su alrededor no pudiera tocarla. Sebastián, desesperado con esa actitud, se le puso enfrente, en cuclillas, la encaró. Tenía los ojos rojos y la voz áspera.

—¿Por qué? ¿Por qué carajo lo hizo?

—Porque era su naturaleza, Sebastián.

La miró perplejo. Como si le acabara de hablar en otro idioma.

—Es lo que quería hacer —continuó Inés—. Por eso te escribió ese mensaje —recitó como remarcando algo evidente—: Te daría mi vida… ¡pero la estoy usando!

—La estaba usando, ¿para morirse? —exclamó Sebastián, exasperado.

—¿Acaso no es eso lo que hacemos todos, todo el tiempo, todos los días?

Sebastián estuvo desinflado el resto de la tarde. Pasó un rato de pie en el balcón, mirando hacia la calle. Luego se sentó en la sala junto a ellas pero era claro que no estaba ahí, que seguía ausente. Mientras, Elisa e Inés hablaron animadamente. Inés le explicó que fatalmente al club le había pasado lo que le pasaba a todo el mundo en el país. Adriana y su marido se quedaron sin trabajo y tuvieron que emigrar, Leonor se vio obligada a regresar al barrio popular de donde había salido, Teresa encontró una forma de escapar por la frontera y se liberó de su régimen de presentación judicial. Al final, quedaron sólo Magaly y ella.

—Magaly me avisó —dijo Inés, después de cerciorarse con un vistazo que Sebastián continuaba en el balcón—. Los suicidas siempre avisan.

—¿Y tú? —le preguntó Elisa— Tú no mataste a nadie.

Inés sonrío con un mohín de resignación y movió las manos en un gesto de impotencia. Tanta veces se sueña la muerte, dijo. La de uno y la de otros, agregó. Luego le comentó que estaba resignada, que ya había perdido la oportunidad. Sola no podía hacerlo. Las dos se miraron, extrañamente conmovidas.

(Un libro en el aire)

Esa noche, Sebastián se puso como loco. Destrozó el clóset de su madre, sacó toda la ropa, lanzó los vestidos en la cama, tiró las camisas y los pantalones por el suelo. Elisa trató de contenerlo pero fue inútil. Estaba desgarrado. Vivía su reclamo, su duelo. Dijo que iba a regalarle a Betty toda la ropa. Luego gritó desaforado que más bien la iba a donar. Después también pensó en quemarla. Ya agotado, jadeante, se sentó dentro del clóset, todavía con lágrimas, y comenzó a abrir una a una las cajas de zapatos. Elisa, sentada en la cama, lo miraba. También tenía los ojos aguados. Estaba deslumbrada.

Sebastián levantó un zapato en su mano izquierda. Era de tela, verde, con tacón. De la misma caja, con la mano derecha, extrajo la pistola, pequeña, gris. Era una Ruger LCP, automática, calibre .38. No tenía idea de dónde pudo haber conseguido su madre un arma así. Se preguntó cuándo, cómo, por qué. Se preguntó si conocía realmente a su madre. Sin moverse de su lugar, extendió las manos, mostrándole ambos objetos a Elisa. Luego le dijo que le importaba un carajo su novio y su amiga y las fiestas *swinger*, que quería que lo antes posible se fueran los dos para Los Ángeles. Vente a vivir conmigo, le dijo.

Pasaron toda la noche en la cama. Se quisieron, se estrujaron, terminaron exhaustos, tendidos sobre las sábanas; como si la cama fuera una balsa, rodeados de vestidos y blusas, la marea derrotada del clóset de Magaly.

—Es en serio —dijo—: vente conmigo.

Elisa miraba hacia el techo. Él dio una vuelta sobre sí mismo y quedó junto a ella. Jugó unos segundos mojando con su lengua uno de sus pezones. Luego insistió. Dime algo, dijo. Y ella dijo sí. Sebastián no se lo esperaba. O quizás no se esperaba tanta rapidez. Se irguió y cayó de rodillas sobre el colchón. Aulló. Elisa se rio, divertida. Pero luego se puso seria y agarró su mano.

—Sólo tengo una condición —dijo.

Inés estaba tratando de captar un canal internacional de noticias en internet pero, al parecer, la señal estaba bloqueada. Llevaba más de una hora intentándolo y, en el último momento, la imagen se caía. Sólo podía ver las noticias de forma fugaz y fragmentaria. Podía acceder a segundos de realidad, no más. Comenzó a refunfuñar cuando, de repente, la sorprendió el sonido de su teléfono celular. Se acercó a la mesa donde siempre dejaba el aparato. Casi nadie tenía su número. Casi nadie, además, necesitaba o quería llamarla. Temió que, de pronto, algo hubiera pasado con Julio en el exterior pero, al acercarse, vio en el identificador de llamadas que se trataba de un número local. El teléfono sonaba y vibraba al mismo tiempo. Desde hacía mucho, ya ninguna empresa realizaba campañas comerciales a través de llamadas telefónica. Inés jamás pensó que llegaría a extrañar esa invasión publicitaria. Pero así era. Ya no había propagandas de ningún tipo. No había mercado. No había ni siquiera economía. Sólo quedaba el caos. Porque el caos era lo único que podía administrar el Alto Mando.

—Aló —decidió atender.

—¿Inés?

Se extrañó aún más. No reconoció la voz.

—Sí, ¿quién es?

—¡Asómate al balcón!

La llamada terminó abruptamente en ese instante. La mujer que había llamado sólo quería dar esa instrucción. Luego colgó. Inés dedujo que estaba hablando desde un lugar público. Había ruido a su alrededor. Salió al balcón, todavía desconfiada, recelosa. Se apoyó en la baranda y puso a rodar su mirada, como tantas otras tardes, a lo largo de la avenida. El sol había comenzado a hundirse en el oeste. Una mezcla de tonos naranjas arañaba el fondo del cielo.

Sólo entendió lo que ocurría cuando observó la parada, cerca de la esquina. El autobús acababa de detenerse. Una muchacha descendió y miró directamente hacia arriba, hacia ella. Tenía una melena alborotada. Desde esa distancia alzó su mano y la saludó. Inés sintió una presión en el pecho. Puso su mano en la baranda y se pegó aún más al muro del balcón.

Recordó los prismáticos. Recordó a Enma. Recordó los pájaros.

Vio cómo la muchacha se dirigía lentamente hacia el punto donde estaba Ronald con su moto. Siguió el vaivén de sus caderas, la vio cruzarse con otros paseantes, y encaminarse directamente hacia él.

La lengua sin agua, sin humedad. Los dedos tiesos. Inés, nuevamente, tuvo miedo. Quiso gritar. Se vio en el abismo del piso 8 mirando hacia abajo.

Elisa tenía la pistola en el bolsillo trasero del pantalón. Llevaba puesta una peluca de cabellos rizados y unos lentes de sol plateados. Ronald ni siquiera pudo decir ¡hola, preciosa! Ni siquiera pudo babearse. Ni siquiera pudo mover las manos. Antes de todo, Elisa ya le había puesto la pistola en la frente. Lo demás fue mover un dedo.

Inés escuchó el disparo.

Cerró los ojos.

Sonrió.

Desde el balcón, vio correr a Elisa hacia un coche que Inés no logró reconocer. Era un carro distinto al de Magaly, la estaba esperando en el borde de la avenida. Se zambulló en él, luego el automóvil se alejó rápidamente hacia la autopista.

—Vamos camino al aeropuerto —dijo Elisa—. Nuestro vuelo sale en hora y media.

—Cuídense mucho.

—Tú también.

Sólo intercambiaron esas palabras. Después, Inés miró hacia fuera, vio el balcón iluminado por el atardecer. Decidió que era un buen día para tomarse una copa de vino. Pero, camino del bar, se encontró con el libro de Alma Briceño. No pudo evitar que una nueva sonrisa se le montara en la boca. Salió afuera con el libro en la mano.

Desde el balcón, se podía distinguir el pequeño charco de sangre que rodeaba el cuerpo de Ronald. Su camisa roja. Su moto invicta. Su cabeza sin fuerza, descansando sobre el cemento de la acera.

La gente pasaba junto a él. La mayoría se apartaba. Nadie hacía nada. Sólo un hombre se detuvo, le dio una patada y luego continuó su camino.

Inés lo vio todo, maravillada. Luego miró hacia el frente, hacia al atardecer. Y en un impulso, de pronto, lanzó el libro hacia el aire. Las páginas de Alma Briceño surcaron la tarde. Inés las vio volar, tratar de flotar e, irremediablemente, descender hacia el suelo. Sonrió con más calma, con más tranquilidad. Nada podía quitarle esa expresión radiante. Los restos de luz que quedaban se iban reflejando en las ventanas de los edificios del otro lado del bulevar. Un destello rojo se coló en medio del paisaje.

Inés volvió a mirar hacia abajo. Y pensó entonces en la plenitud. Pensó que, tal vez, en ese momento, por fin estaba demasiado cerca de una felicidad.

Mujeres que matan de Alberto Barrera Tyszka
se terminó de imprimir en noviembre de 2018
en los talleres de
Litográfica Ingramex, S.A. de C.V.
Centeno 162-1, Col. Granjas Esmeralda, C.P. 09810,
Ciudad de México.